Dominik Jell

MORTALIS

CARLSEN
MANGA!

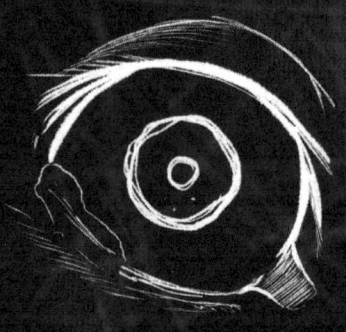

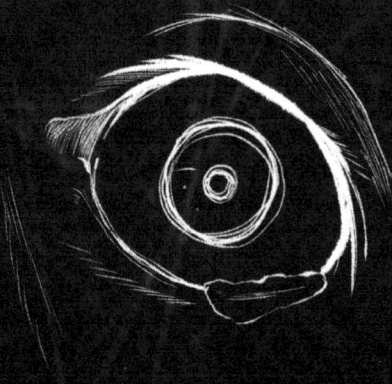

MORTALIS

INHALT

Trigger-
warnung:
Misshandlung,
Suizid

Einer
noch...
Nur noch
einer...

... dann ist
es endlich
vorbei...!

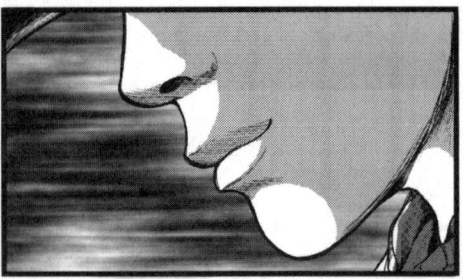

16:00 Uhr

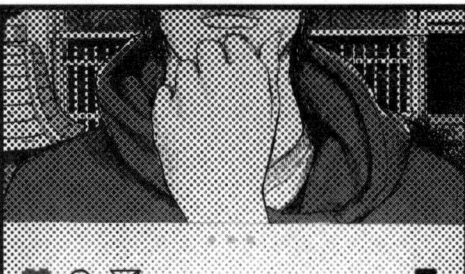

Gefällt **1425 Personen**

therealhideaki Hey, meine treuen Gruselfreunde!
Ich befinde mich gerade auf einem neuen und großen
Abenteuer. Ein Video dazu wird, wie ihr es von mir
kennt, bald folgen :)
Was ich genau mache, bleibt noch mein Geheimnis
😵
Seid euch aber sicher - es wird wieder spooky 👻💀

#hideakiontour #ituber #ghosthunter #adventure

6

Falls hier irgendwas Gruseliges abgehen oder das gar etwas mit dem Verschwinden zu tun haben sollte...

Wie immer gilt: Um die Spannung aufrechtzuerhalten, hab ich absolut niemandem erzählt, wohin es geht.

An dieser Stelle möchte ich meinen ersten Sponsor...

... dann können wir dem mit unserem Topequipment auf jeden Fall auf die Spur kommen.

Herr Hideaki Kobayashi ...?

Mein Name ist Seki Kanagawa und ich bin der Eigentümer dieses Hofes. Guten Tag. Haben Sie gut hergefunden?
Wir liegen schließlich sehr abgeschieden.
Guten Tag! Ja, hat etwas gedauert, haha!
Oh... Sie machen Aufnahmen?
Ja, ich betreibe einen ITube-Kanal, für den ich an abgeschiedene Orte reise.
Das wäre auch klasse Werbung für Ihren Hof!
Das glaube ich Ihnen. Wir sind hier weit und breit die Einzigen. Unsere Gäste haben meist das Bedürfnis nach Auszeit und Ruhe...
... oder Interesse an alter Kultur.
Würden Sie gern etwas über die Geschichte dieses Hauses erfahren?
Natürlich!
Wir haben nur dieses Haus zur Verfügung. Unsere Kapazitäten sind also sehr beschränkt.
Wir wollen so abgeschieden und exklusiv wie möglich bleiben. Nur wer wirklich lange sucht, wird und soll uns finden.
Sehr interessant. Allerdings bitte ich Sie, dies zu unterlassen.

13

19:00 Uhr
Dann werde ich mich nun zurückziehen.
Äh... Okay, klar. Kein Problem.
Ich wünsche Ihnen eine erholsame Nacht.
Danke, ich Ihnen auch.
Komischer Typ...
...

Wenn ich auf ihn höre, wär ich ja völlig umsonst hergefahren.

Uuuund Kamera läuft!

Ganz schön aufregend, so heimlich mein ganzes Equipment zu holen.

20:00 Uhr

So, das war die letzte.

Ich freu mich sehr auf diese Nacht. Im Haus hab ich überall Kameras und Mikros aufgestellt und installiert.

Hey! Und willkommen zurück! Ich bin's wieder! Ich bin gerade angekommen und die Sonne geht gleich unter.

16

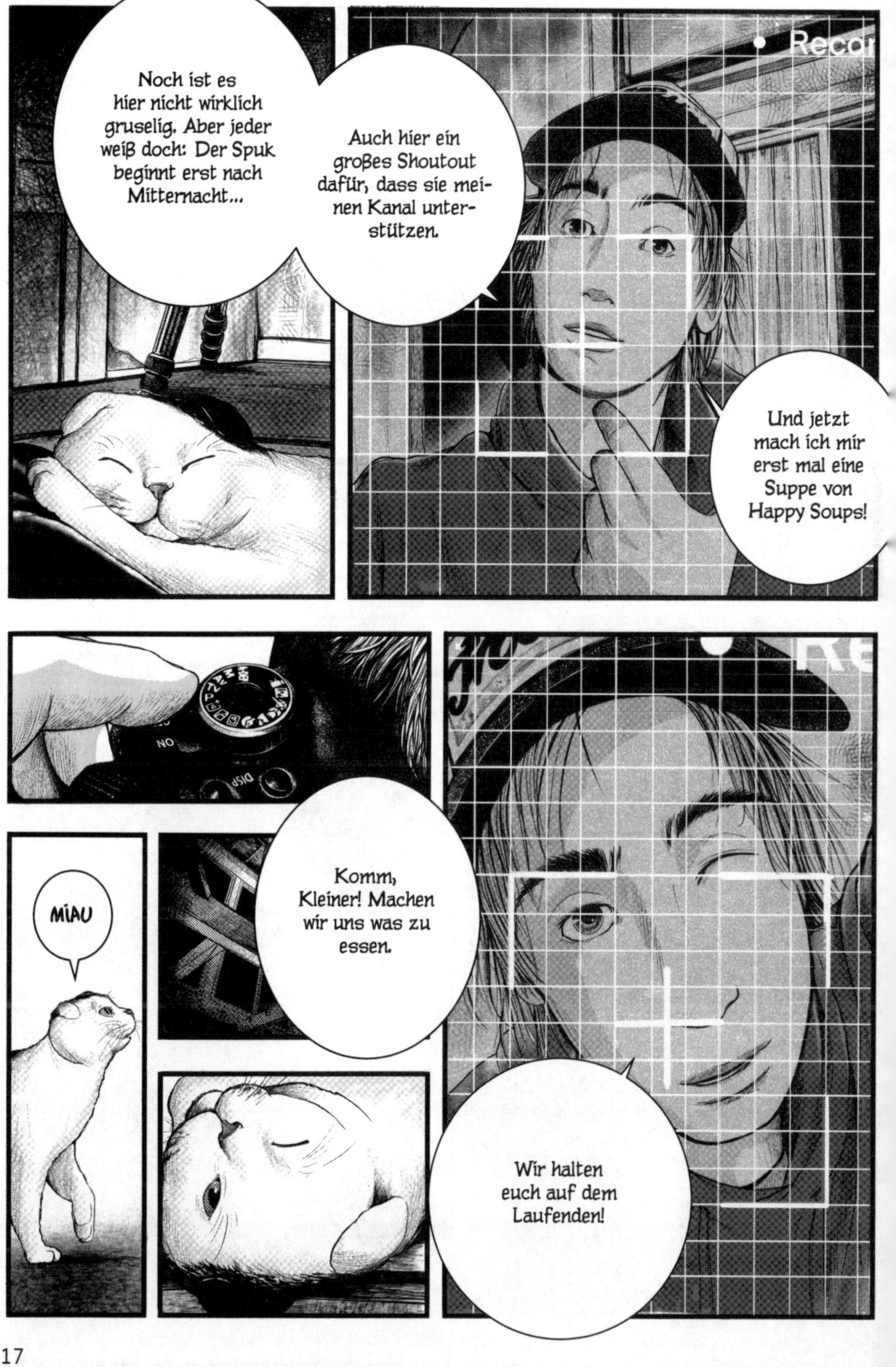

Noch ist es hier nicht wirklich gruselig. Aber jeder weiß doch: Der Spuk beginnt erst nach Mitternacht...

Auch hier ein großes Shoutout dafür, dass sie meinen Kanal unterstützen.

Recor

Und jetzt mach ich mir erst mal eine Suppe von Happy Soups!

MIAU

Komm, Kleiner! Machen wir uns was zu essen.

Wir halten euch auf dem Laufenden!

18

23:00 Uhr

Uff, ich bin immer noch so satt...

Bisher ist noch gar nichts passiert...

Vielleicht sollte ich etwas Drama inszenieren.

Du weißt ja... Drama klickt gut, haha!

21

Ich glaub, ich brauch jetzt erst mal ein Bier, haha!

Das war ja nervenaufreibend.

00:00 Uhr

Ich geh jetzt mal eine Runde und check die Kameras. Mal sehen, ob die etwas Spannendes eingefangen haben.

Wenn etwas passiert, dann ist die Wahrscheinlichkeit dafür jetzt am höchsten!

.Rec

So, Leute! Null Uhr – Geisterstunde!

Aber wen wundert's. So weit auf dem Land und...

Und so ein Stromausfall ist laut dem Eigentümer völlig normal.

Bisher ist, bis auf den Vorfall mit dem Strom, noch nichts gewesen.

So... Wir sind nun bei der ersten Kamera.

... in einer so unerschlossenen Gegend.

Huh?!

Sie war nicht eingesteckt?

Sorry, Leute. Da ist mir wohl ein Fehler unterlaufen. Dann sehen wir mal nach den anderen Kameras.

Komisch. Das vergess ich doch sonst nie.

Der Stecker ist auch nicht locker.

War das etwa der komische Eigentümer? Hahaha, nein, das kann nicht sein.

Die auch? Ich dachte, diese hätte ich eingesteckt.

Na, immerhin ist bisher nicht wirklich was passiert und es ist genügend Zeit übrig.

Bei der bin ich mir aber relativ sicher, alles korrekt verkabelt zu haben.

Noch eine Kamera?!

Ich check noch die letzte Kamera beim Hintereingang.

Nein, warum auch... Das kann ich mir nicht vorstellen.

...

Klei... Schon wieder?!

Wo ist denn eigentlich der Kleine?

Kleiner?!

Die hab ich gut versteckt.

Ich muss dem Eigentümer Bescheid geben...

PATSCH

27

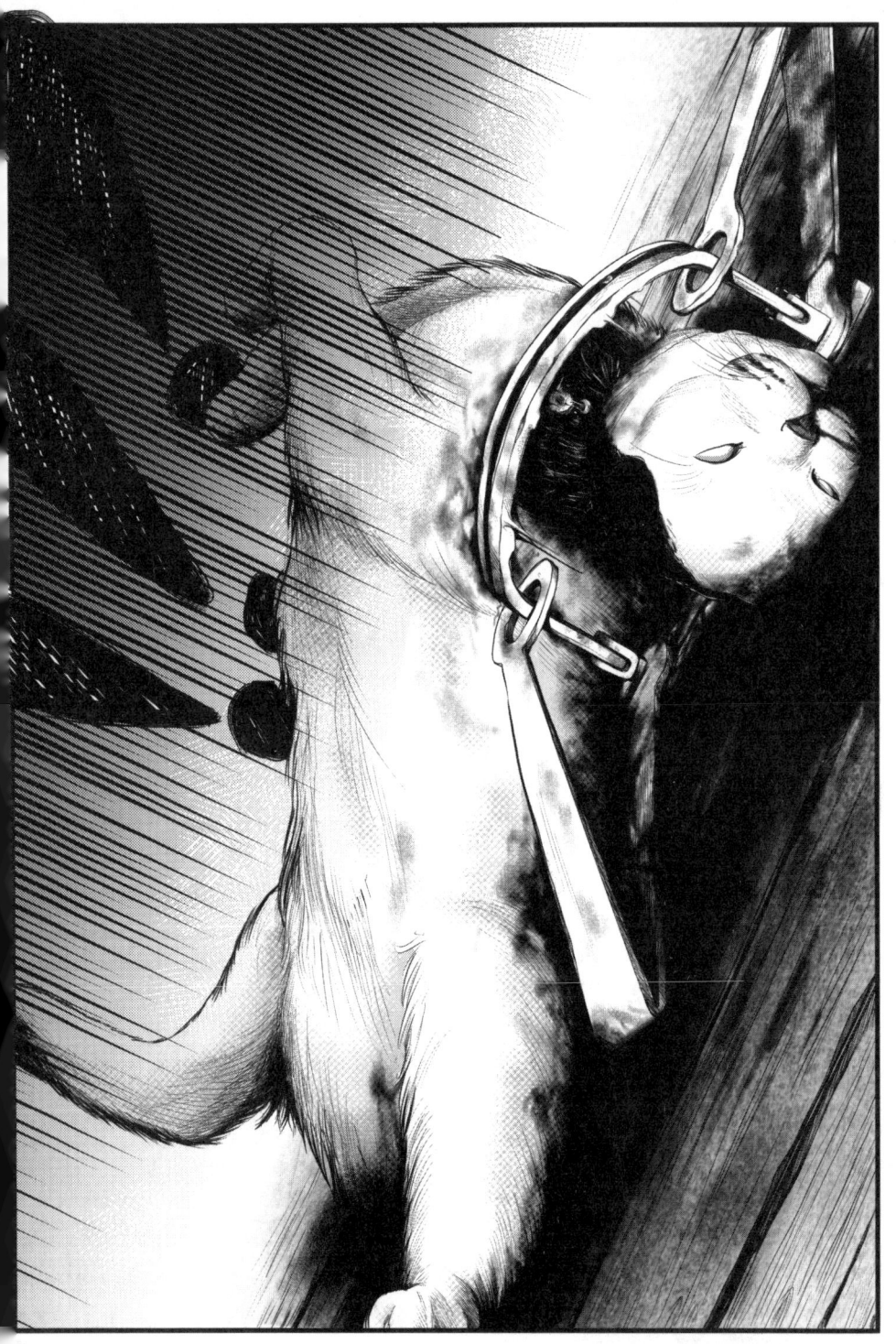

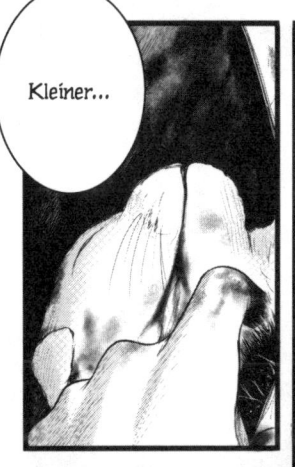

Kleiner...

KLEINER!!

Buhu-huuu...

Nicht bewegen...

?!

Was zum...

Was ist hier passiert?! Wer macht denn so was?!

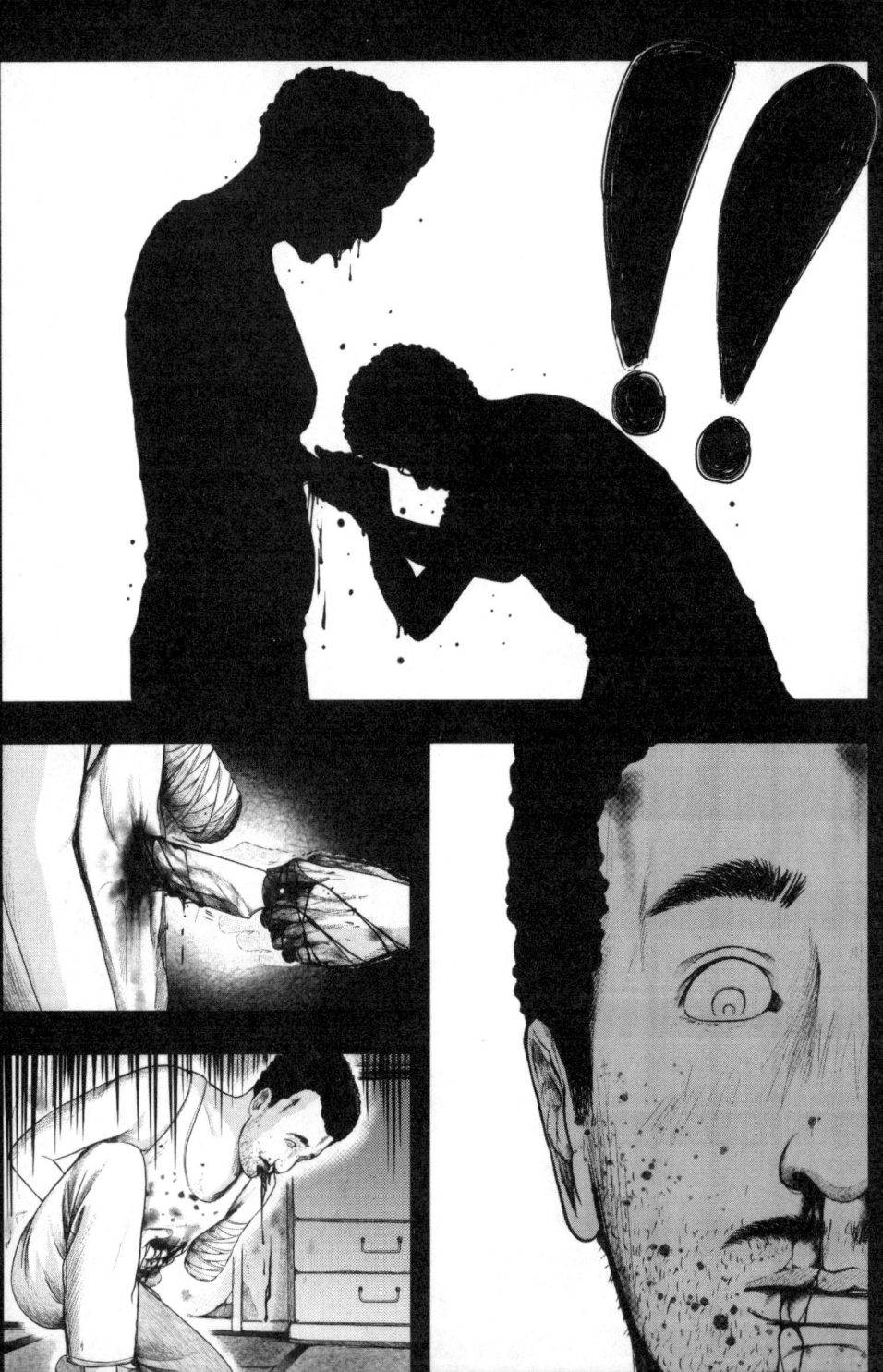

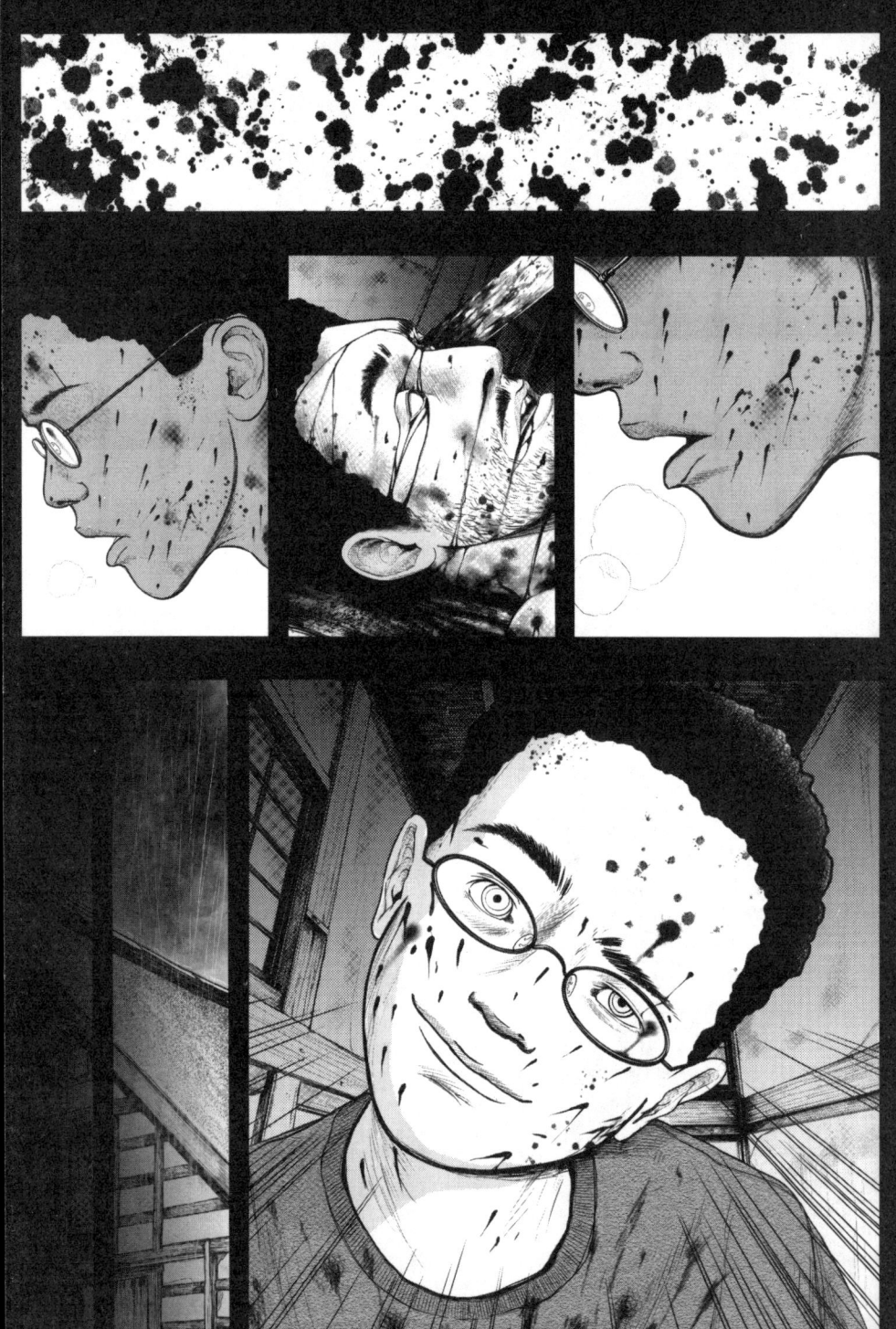

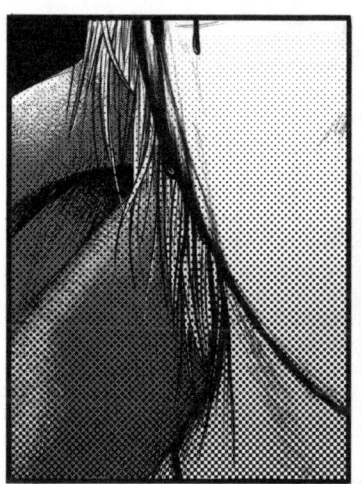

Hatte am Anfang richtig Schiss, irgendwas könnte durch deine Kameras nach außen dringen.
Es sind überall Fallen aufgestellt, du bist unbewaffnet und wir befinden uns mitten im Nirgendwo.
Das war's jetzt für dich. Sorry.
Noch mal Glück gehabt, hihi!

Bleib stehen! Du kommst hier eh nicht weg!

HNNNNNNGH...
Kleiner...

Ich sagte
doch bereits,
du kommst
hier nicht
weg!

Ganz schön
gerissen von mir,
die Falle hinter die
Tür zu legen,
nicht wahr?!

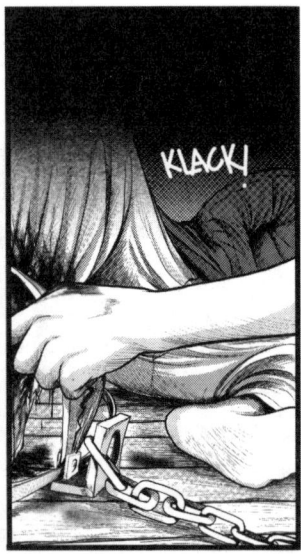

KLACK!

3:00 Uhr

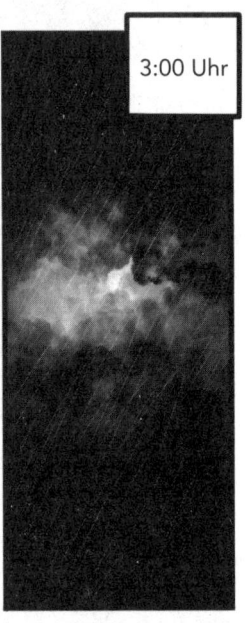

Ughh...

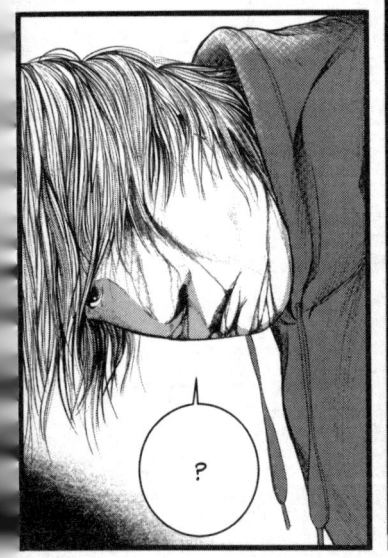

?

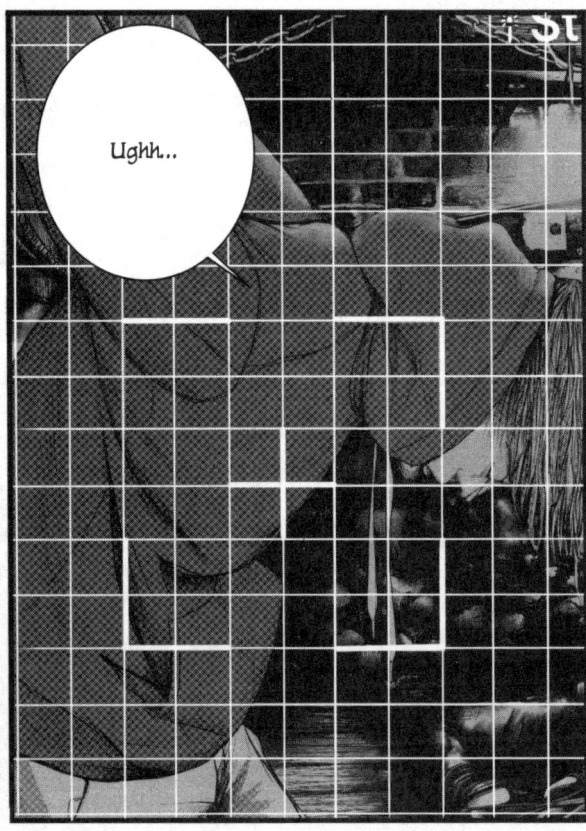

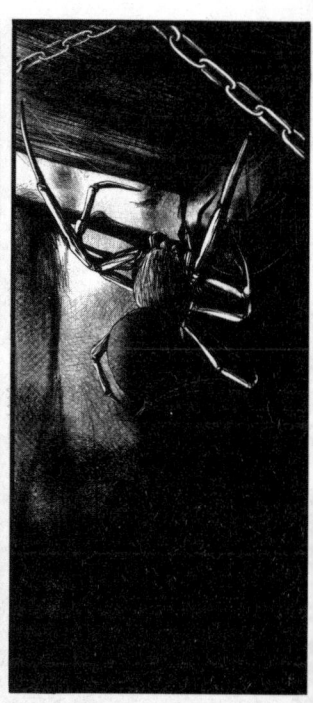

Hahaha!

63

64

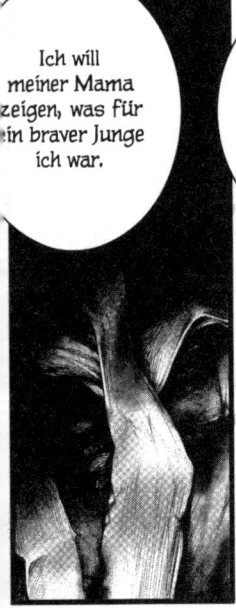

Ich will meiner Mama zeigen, was für ein braver Junge ich war.

Die Idee kam mir, nachdem du mir die Kamera um die Ohren gehauen hast.

Die Nummer 42, deshalb hab ich mir was ganz Besonderes überlegt!

Du bist mein letztes Opfer.

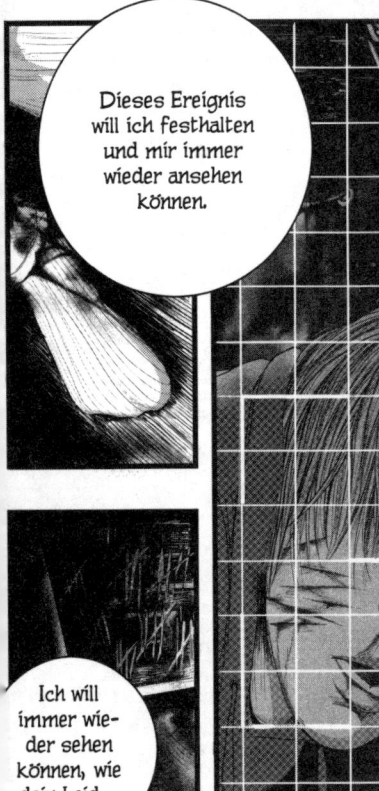

Dieses Ereignis will ich festhalten und mir immer wieder ansehen können.

Ich will immer wieder sehen können, wie dein Leid...

Sie soll sehen, was ich alles auf mich genommen habe, um sie endlich wiederzusehen.

66

67

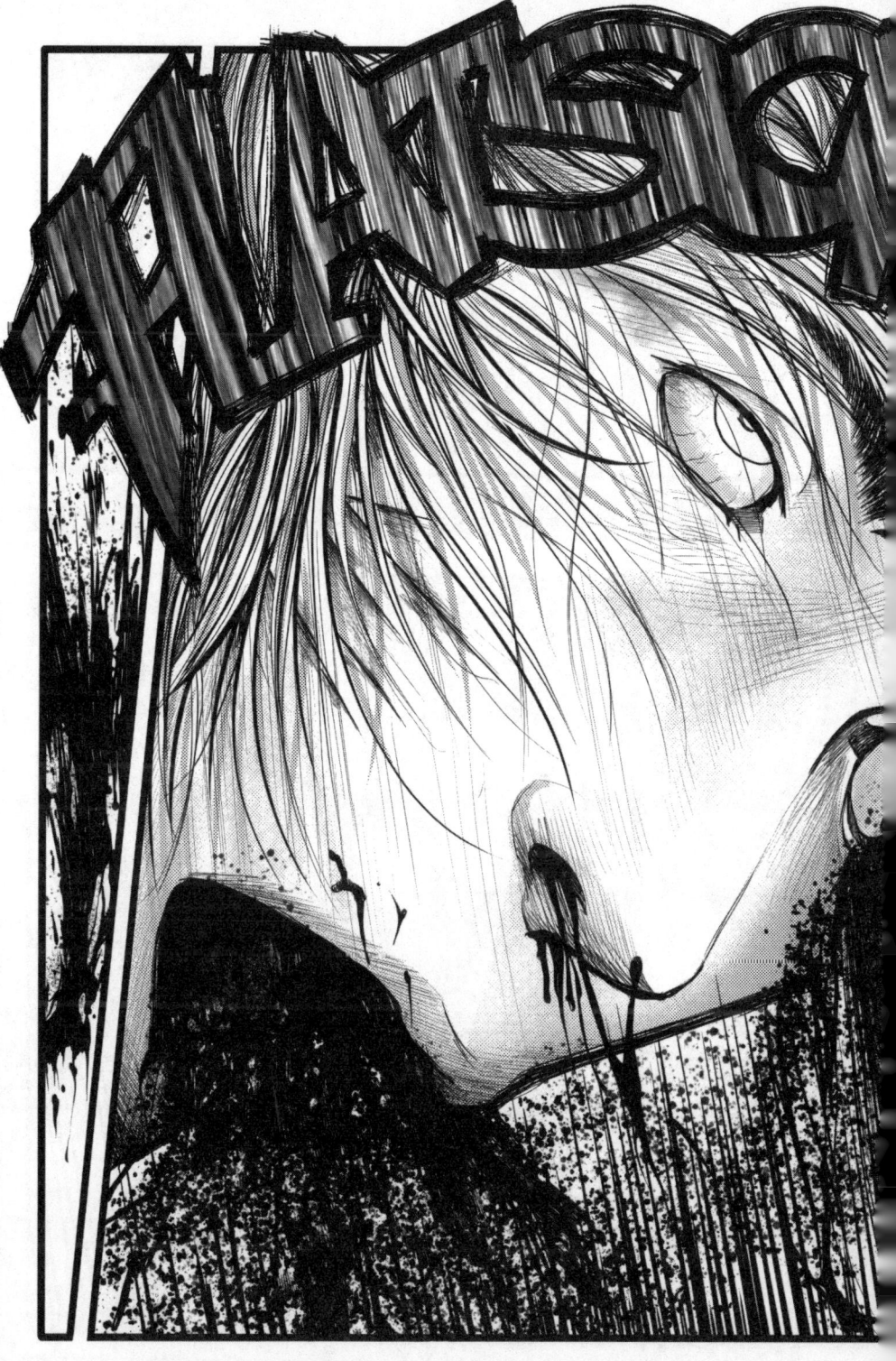

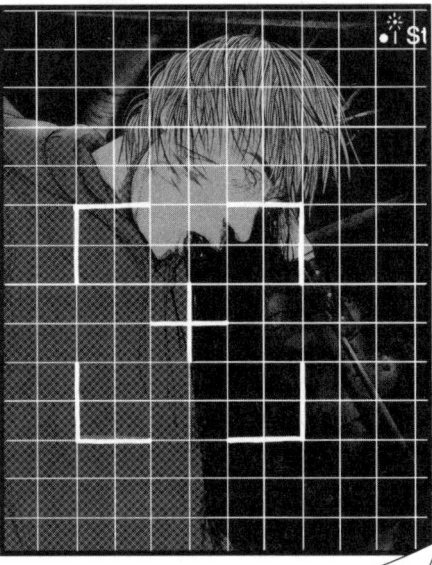

HAHAHAHA! JAAAAA! END-LICH!!!

LOS, OSIRIS, GOTT DES TODES UND DER WIEDER-AUFERSTEHUNG!! JETZT BRING MIR MEINE MUTTER WIEDER ZURÜCK!

KOMM SCHON!! HAHA!

KOMM SCHON!

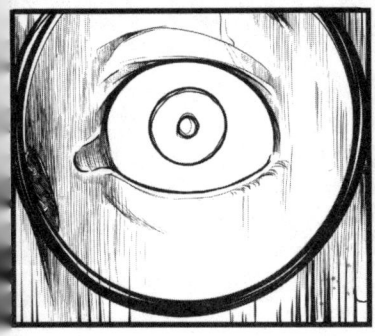

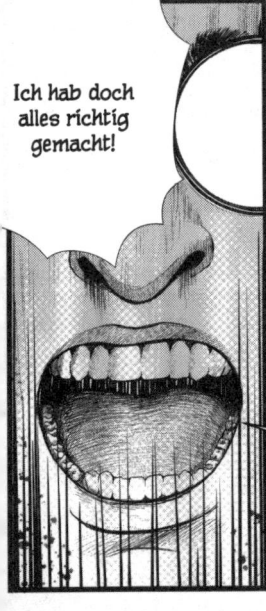

Ich hab doch alles richtig gemacht!

Hab ich mich etwa verzählt?! Nein, es sind jetzt 42!

Warum passiert denn nichts?!

RATSCH RATSCH

Warum klappt es dann nicht?!

Mama, komm schon!

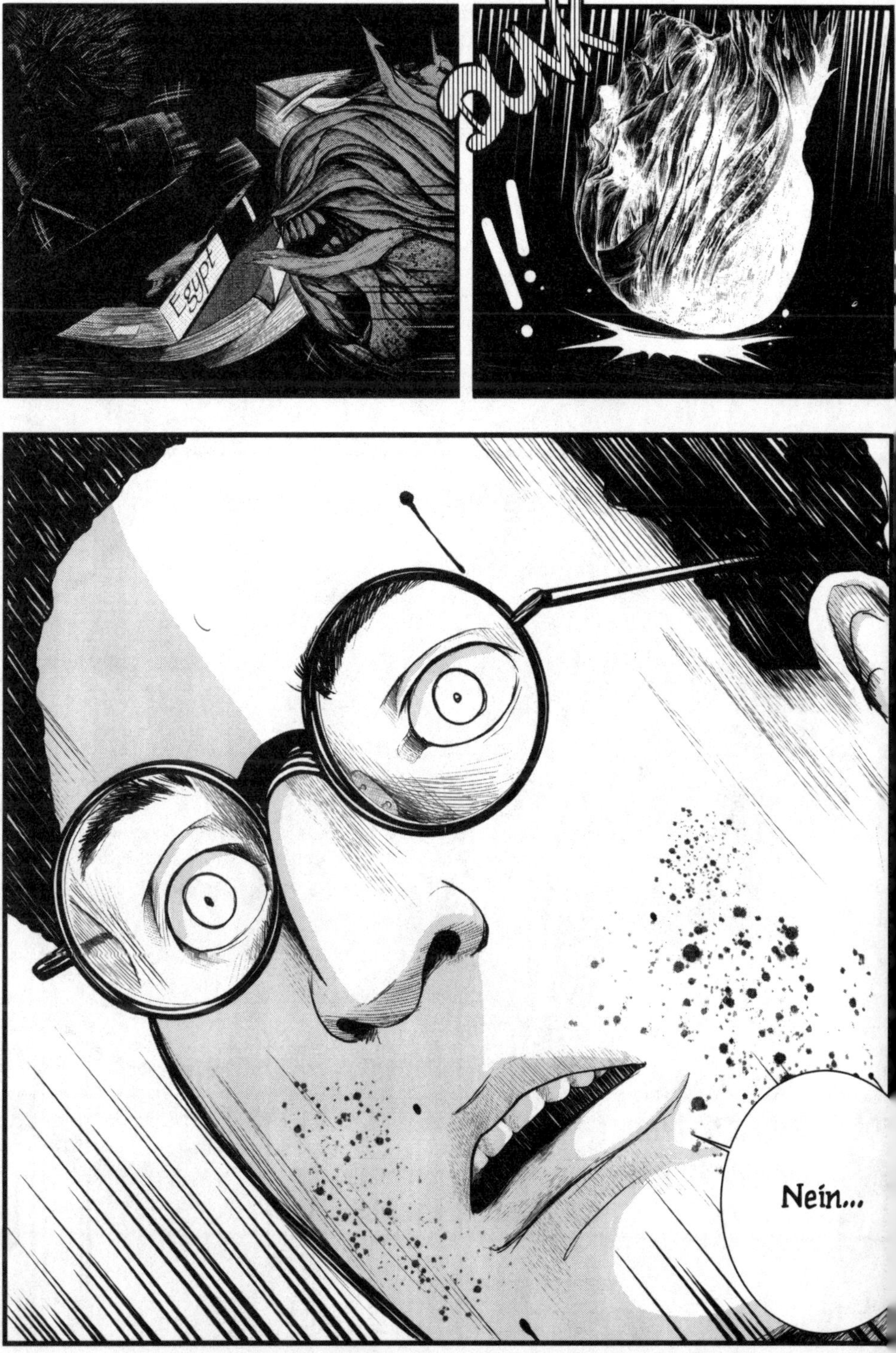

Nein...

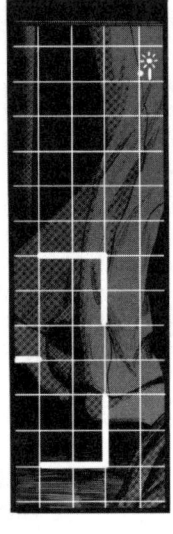
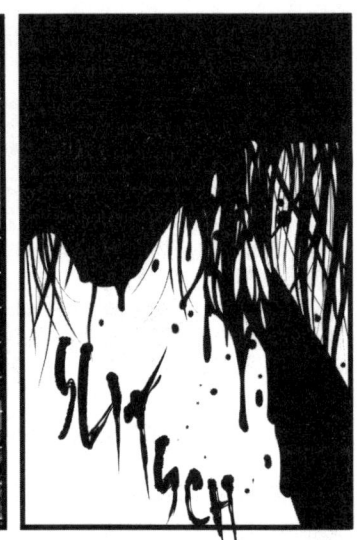

SLITSCH

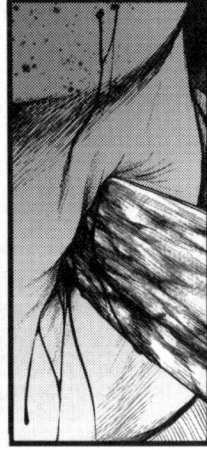

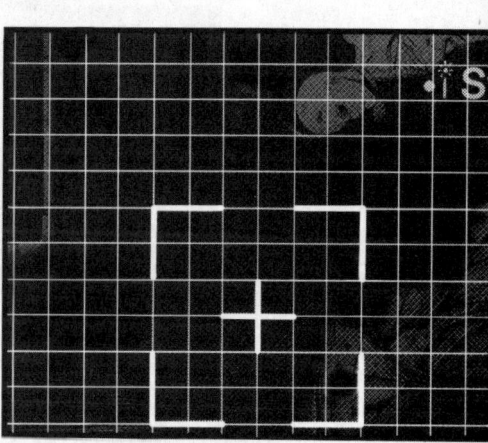

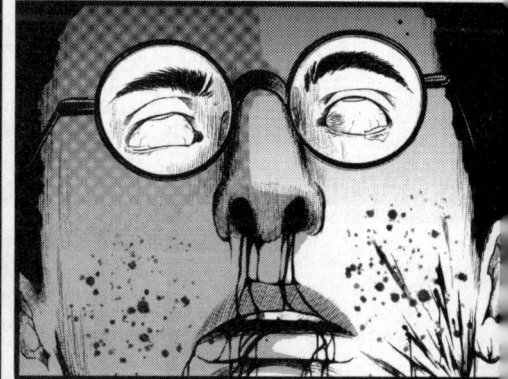

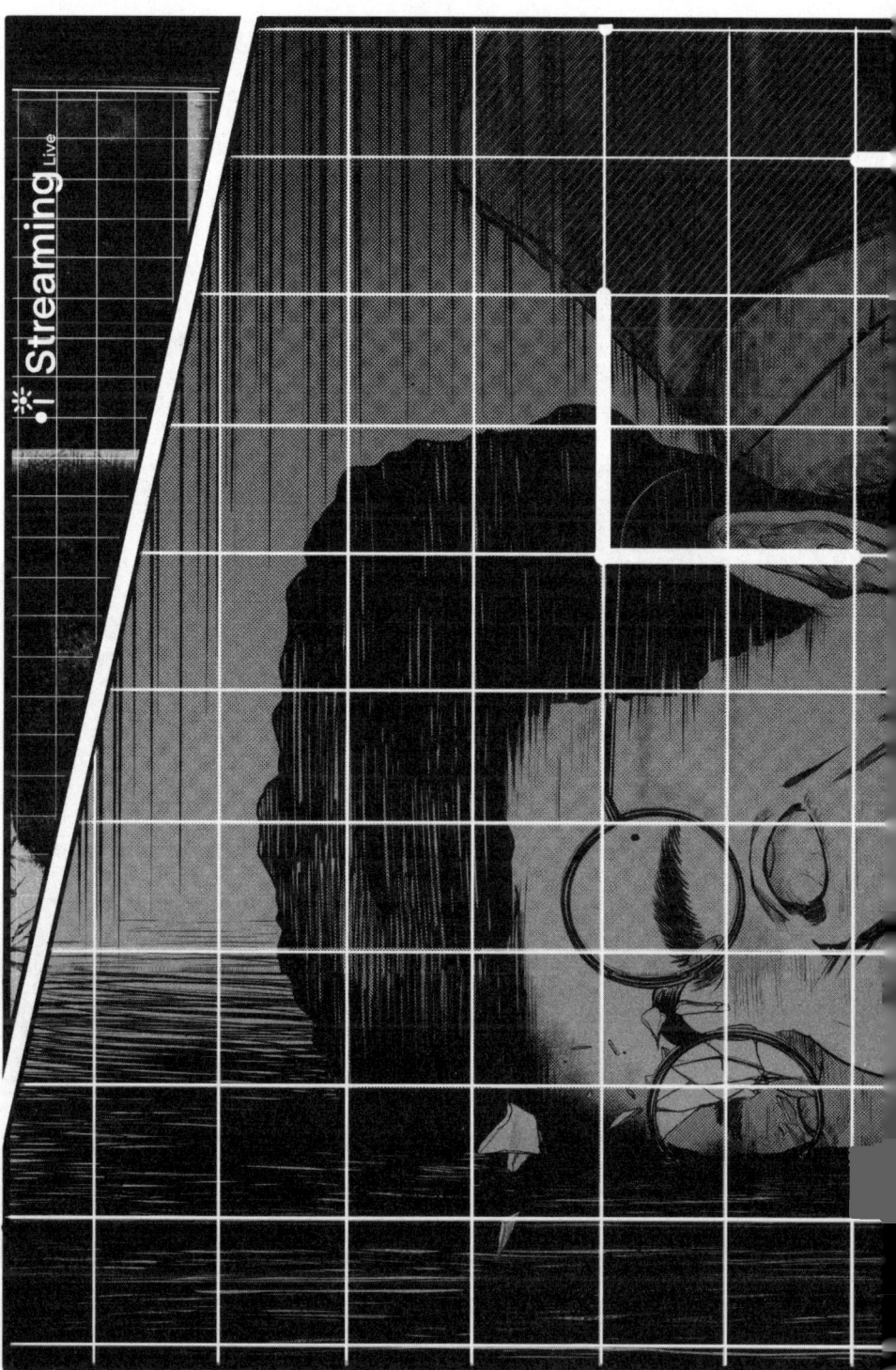

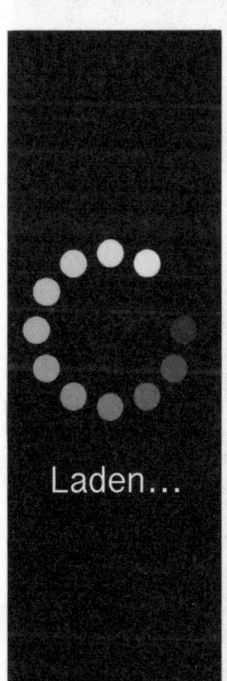

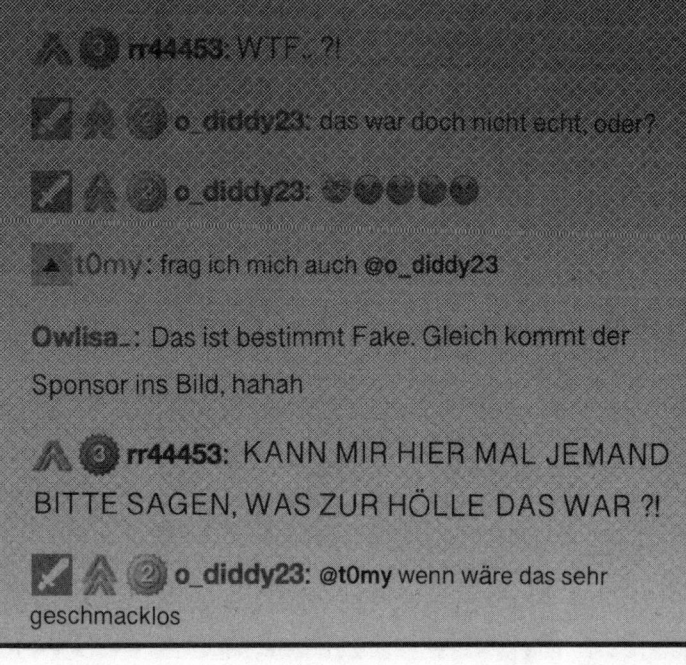

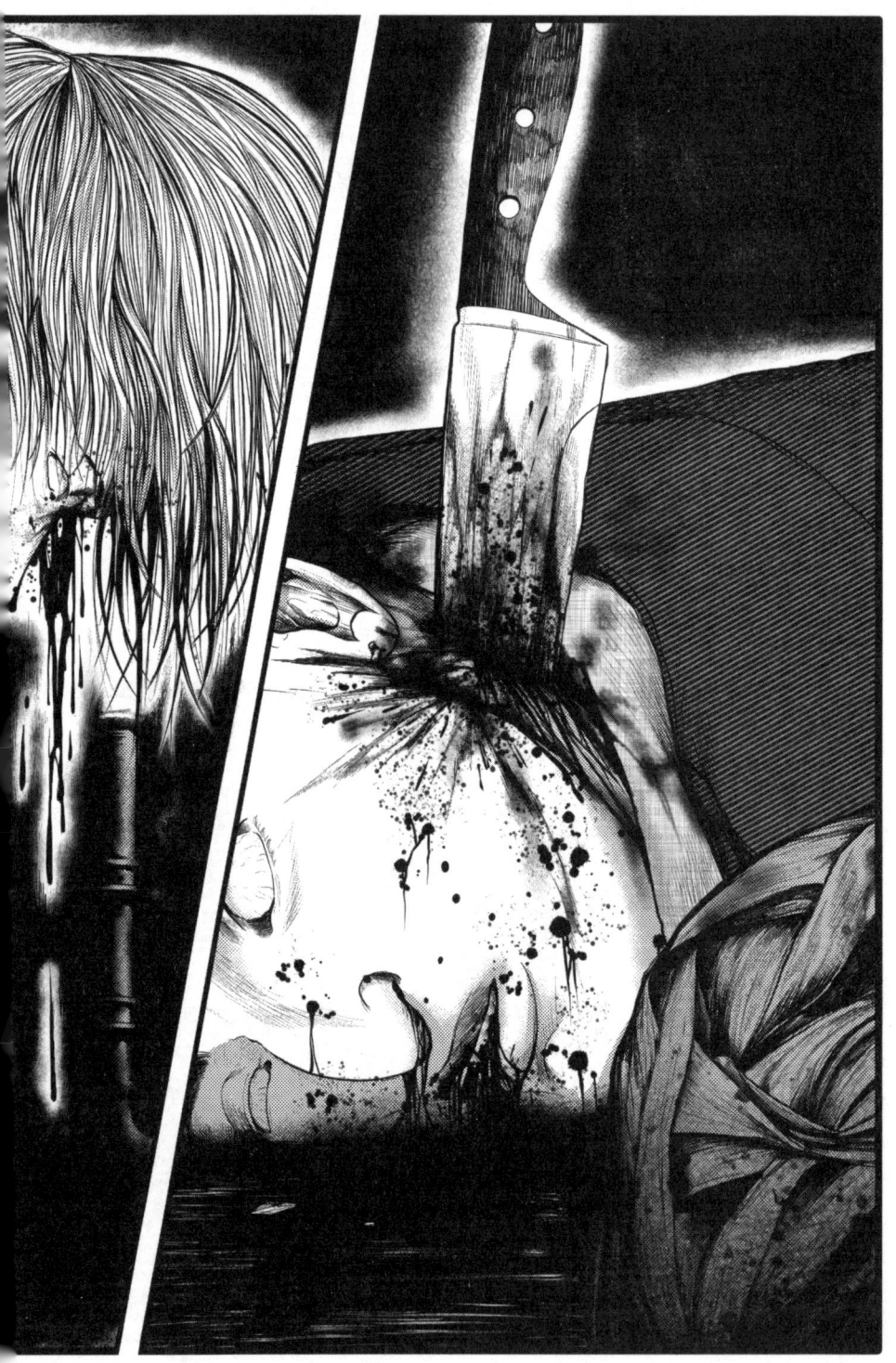

Batterie leer. Bitte laden.

Ende

MORTALIS

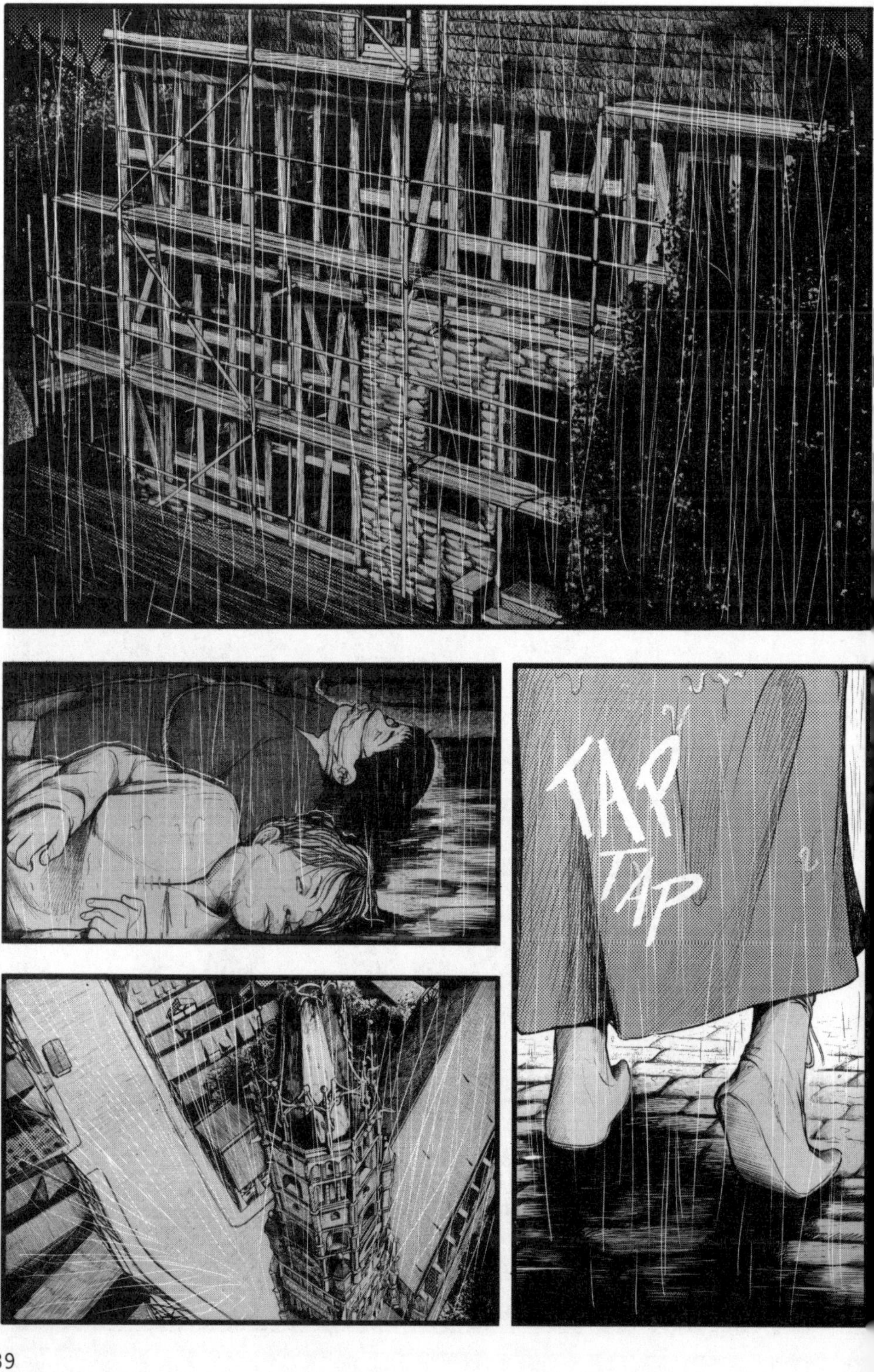

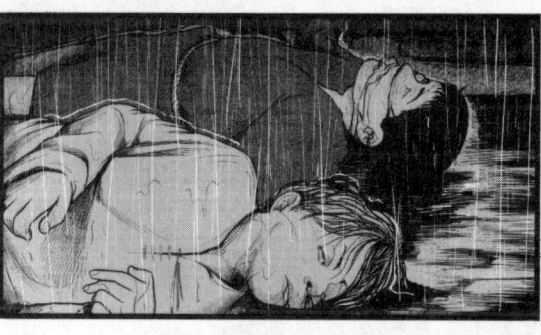

TAP
TAP

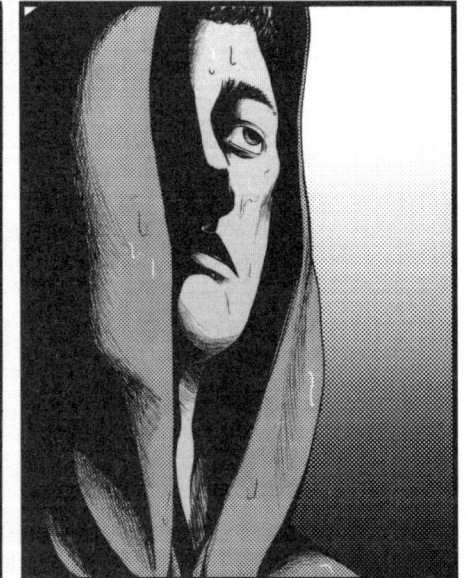

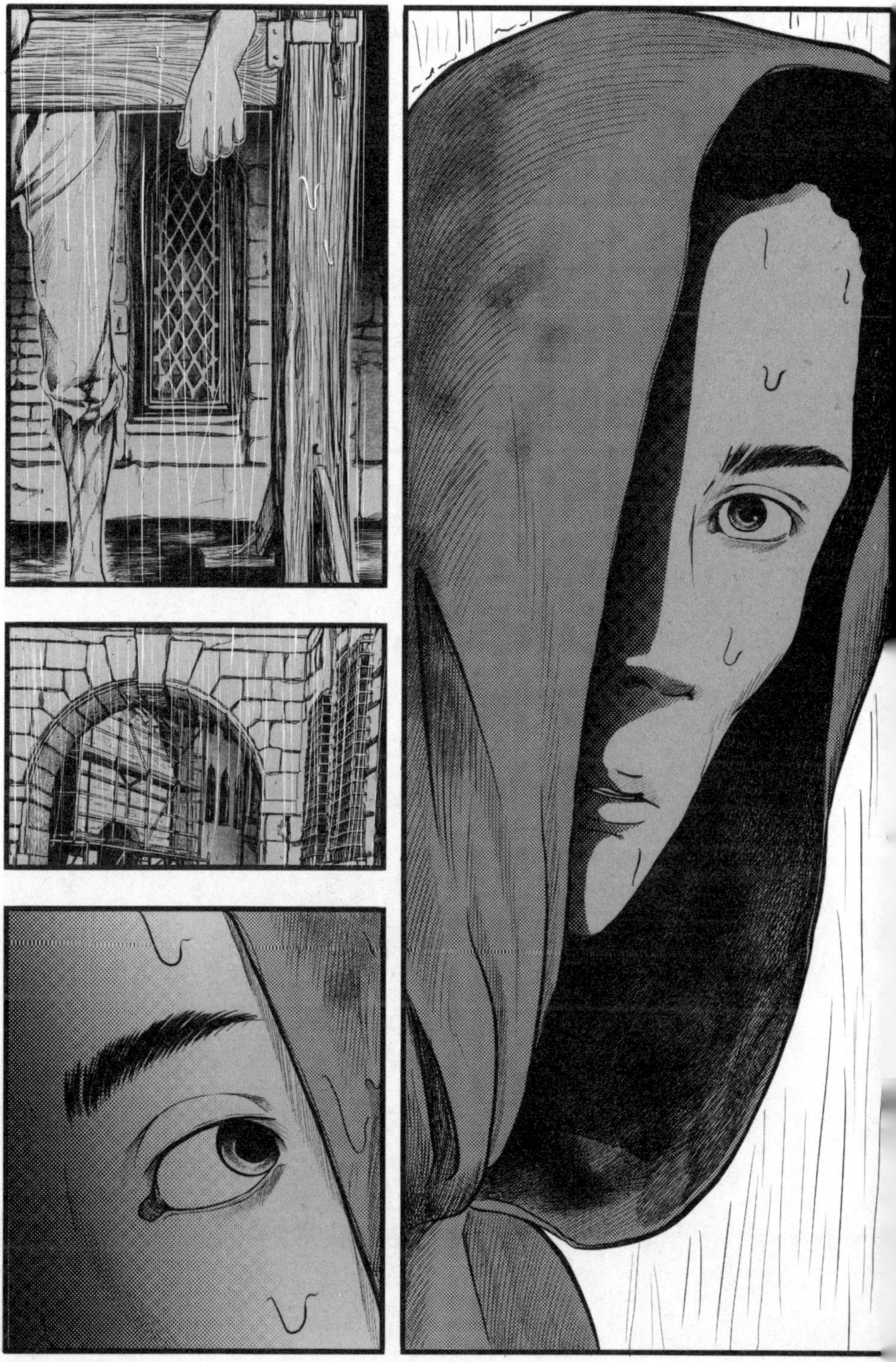

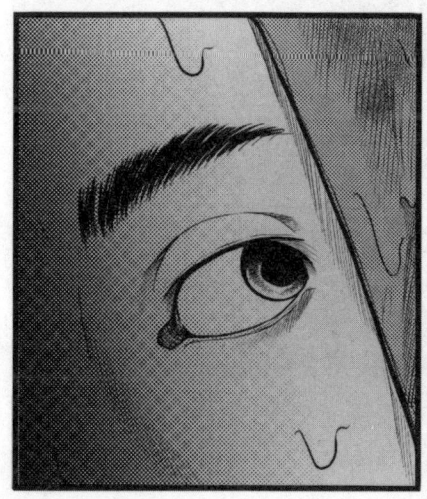

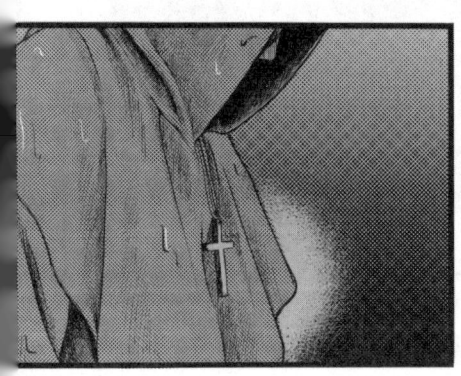

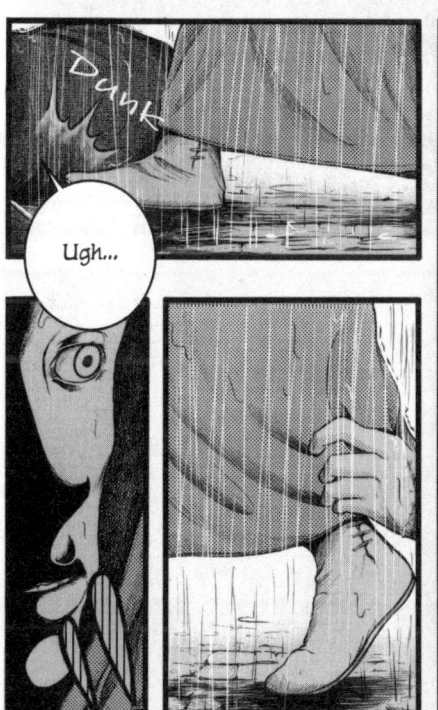

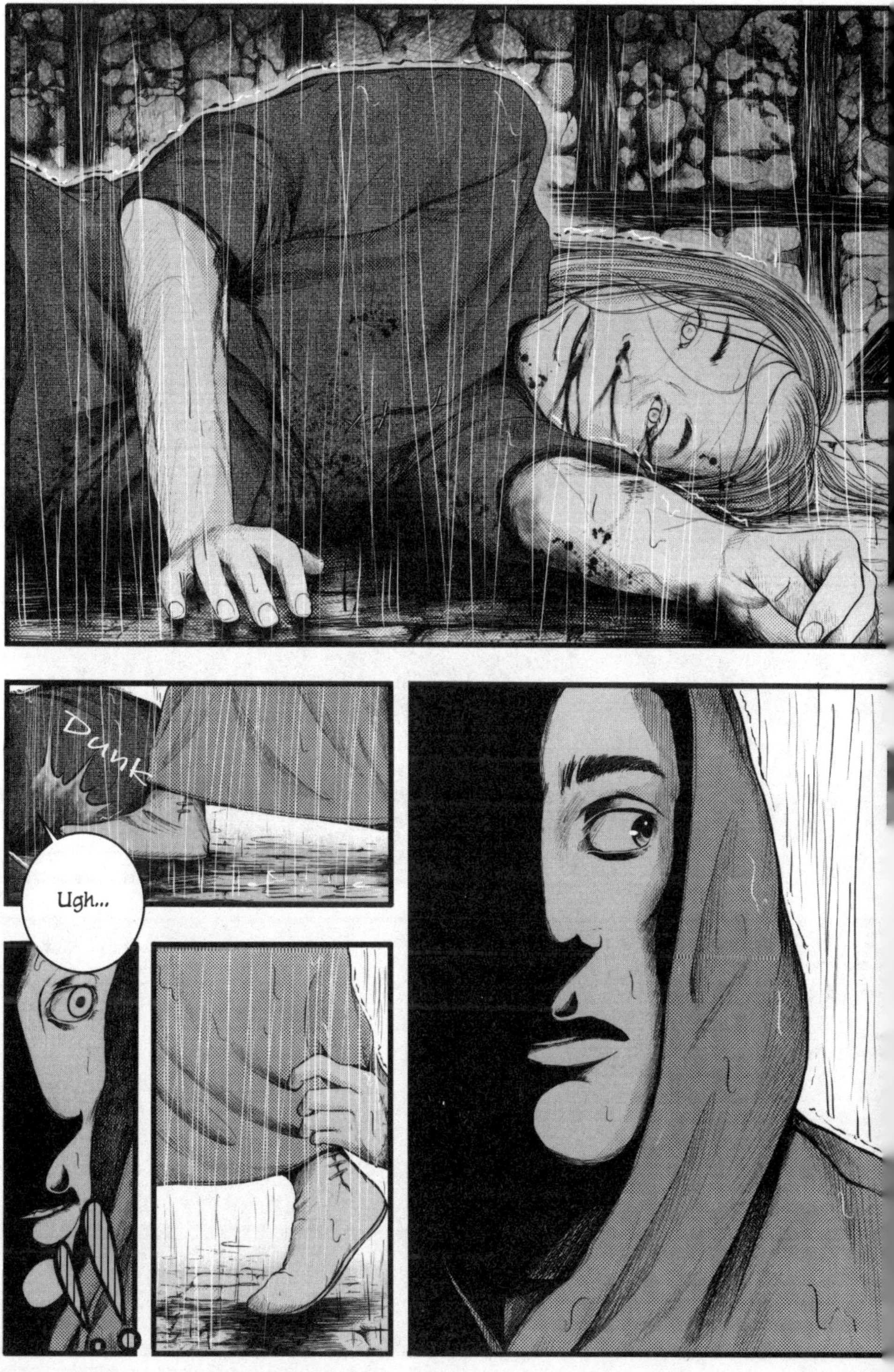

Dunk

Ugh...

Huuuuunger...

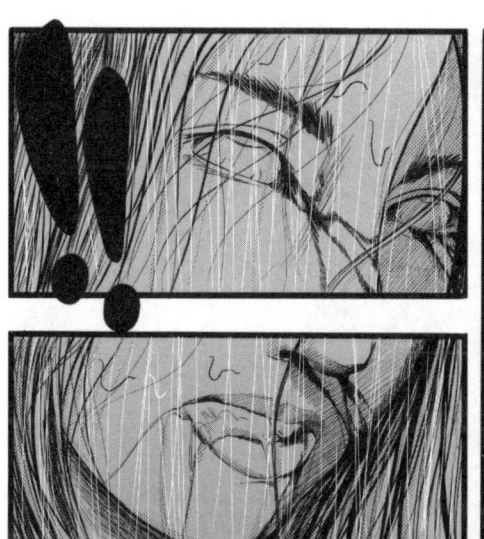

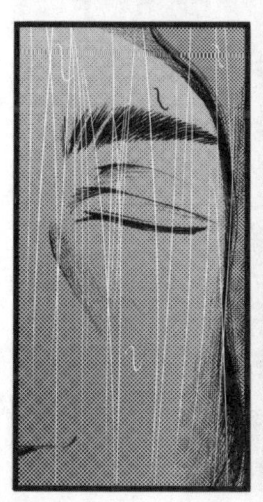
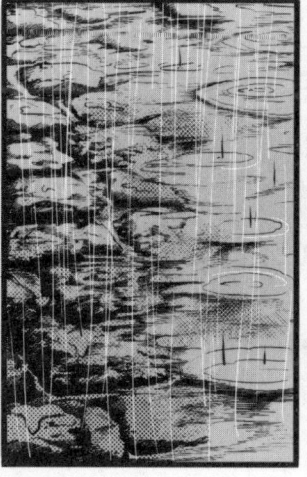

DONNER

NEEEIN!
BITTE
NICHT!

Bitte verschont mich! Mein Sohn wartet zu Hause...

Wir müssen eine weitere Ausbreitung verhindern.

Hehehe...

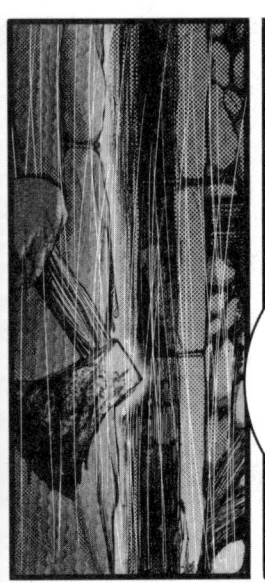

Hah...
Hah...

Todes-
ursache: An
den Folgen der
Pest gestor-
ben.

Hehehe!

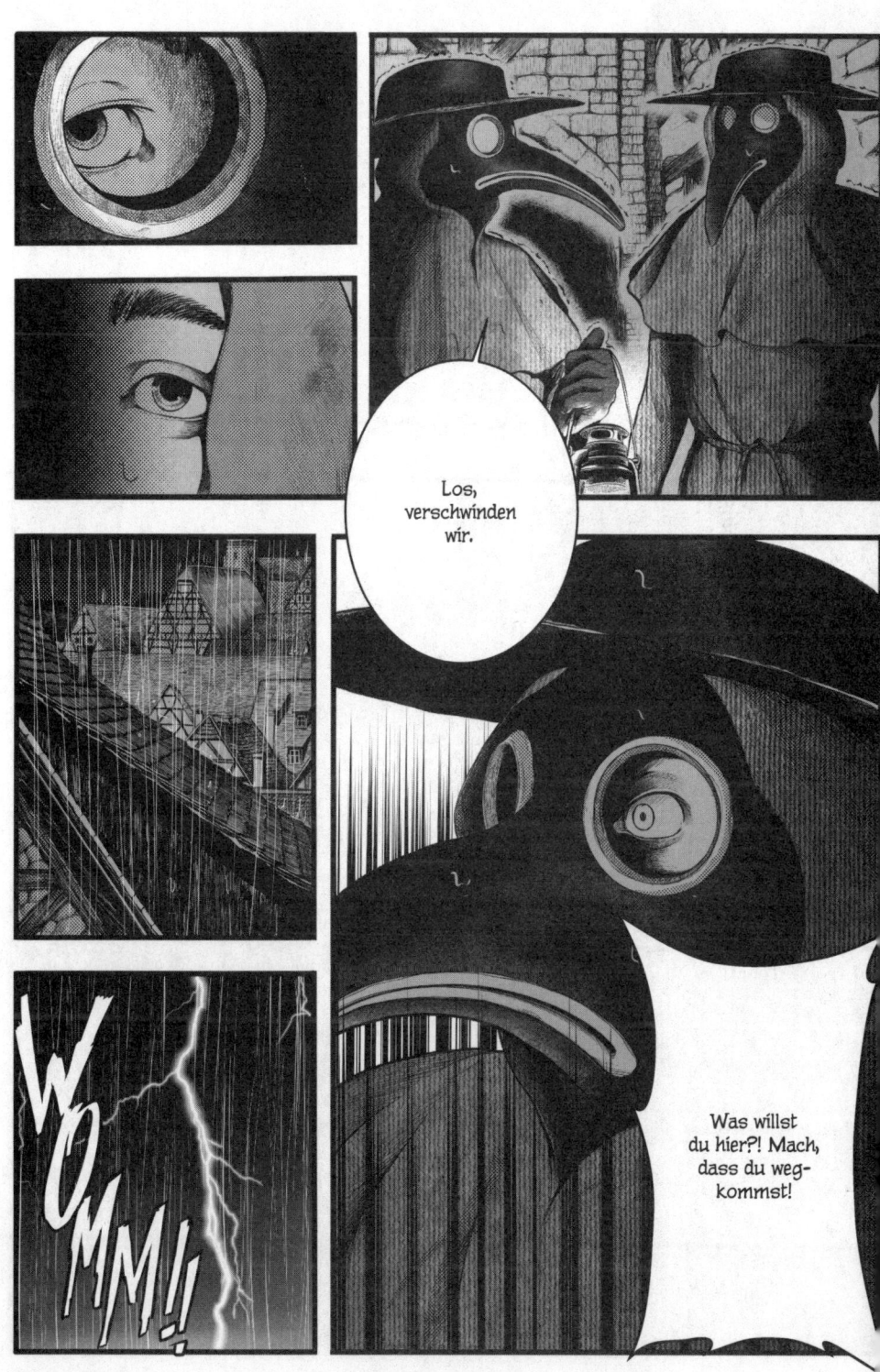

Uaaagh!
Eine Miss-
geburt!

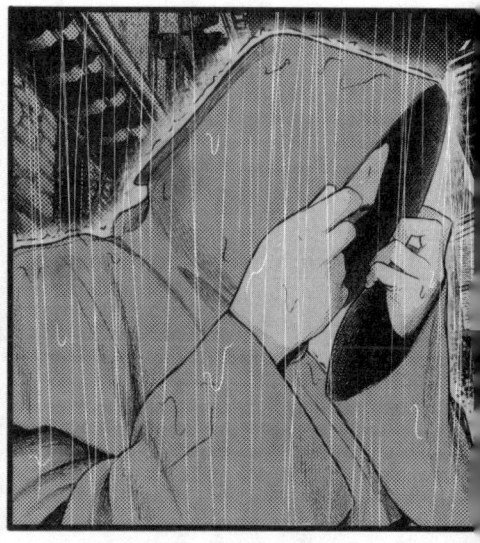

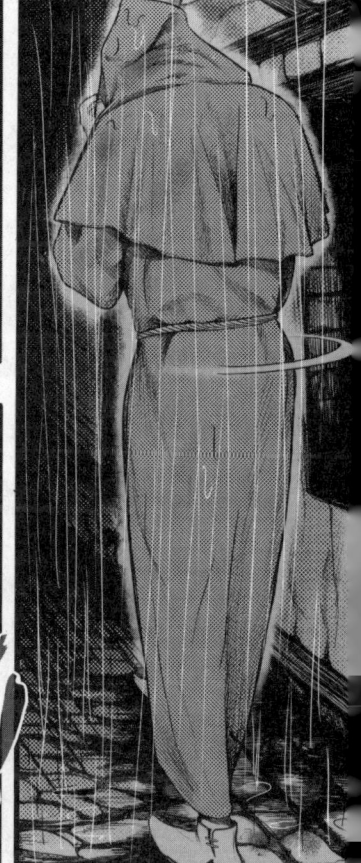

PUNK!

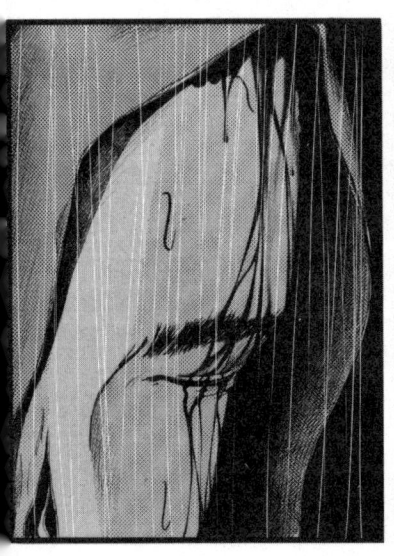

RUMMS!

6 JAHRE ZUVOR

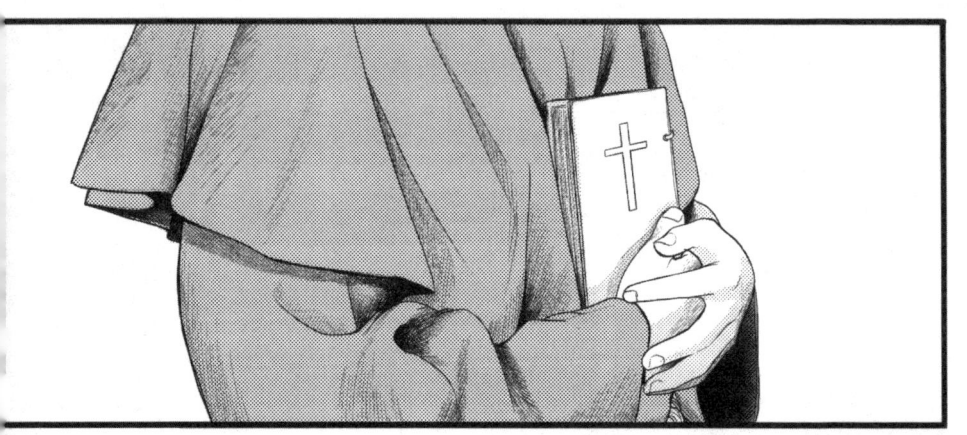

Seien Sie
gegrüßt, Euer
Exzellenz!

Ihre fahle Haut, das rote Haar und die Teufelsmale im Gesicht lassen ebenfalls auf die Vermutung schließen.

Die Angeklagte lebte ohne Ehemann zurückgezogen am Stadtrand. Nachbarn beschrieben sie als seltsam.

TAP TAP

Auch will unser Herzog schnell wieder gesunden und keine Zeit verlieren - sonst könnte womöglich sein Ansehen beim Volke schwinden.

... dass unser Herrscher beschloss, die Angeklagte ohne Prozess zu verurteilen.

Durch die vielfachen Anschuldigungen aus der Bevölkerung wiegt die Indizienlage gegen Elisabeth nun so schwer...

Herzog Anton VI. lässt herzlichsten Dank ausrichten.

Um auf den göttlichen Beistand zählen zu können...

... wurdet Ihr, als höchster Geistlicher des hiesigen Klosters, ausgewählt, bei der Vollstreckung unterstützend zu dienen.

...

114

So
ist es.

Ich
verstehe.

Göttlicher
Beistand, ja?

...

117

Den gewünschten Beistand werde ich natürlich leisten. Dennoch scheint die Reaktion des Herzogs überzogen.

Weißt du, Erwin, der Herzog ist nicht gerade für seine enge Verbundenheit mit der Kirche bekannt.

Es wirkt auf mich so...

... als hätte er so schnell wie möglich einen Grund für seine Krankheit gesucht, und die Beschuldigungen aus der Bevölkerung kamen ihm gerade recht.

Und wenn sie nun unschuldig ist?

Ein unschuldiges Leben auszulöschen mag dem Herzog und der Bevölkerung gleichgültig sein. Der Kirche jedoch nicht.

Zumal man die Hexenprozesse seit Jahrzehnten hinter sich gelassen hat.

Auch gilt meine Sorge einem noch viel größeren Unglück, das uns wegen dieser Ungerechtigkeit womöglich heimsuchen könnte.

...

Würdest du mich bitte zu dieser Frau führen?

...

Wir sind bereits auf dem Weg, Euer Exzellenz.

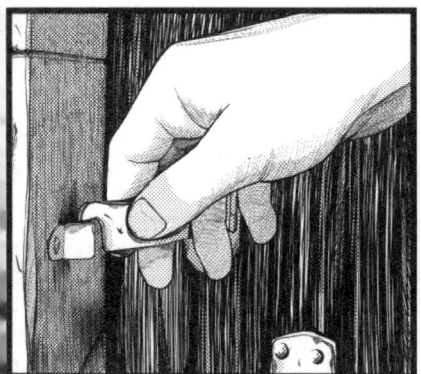

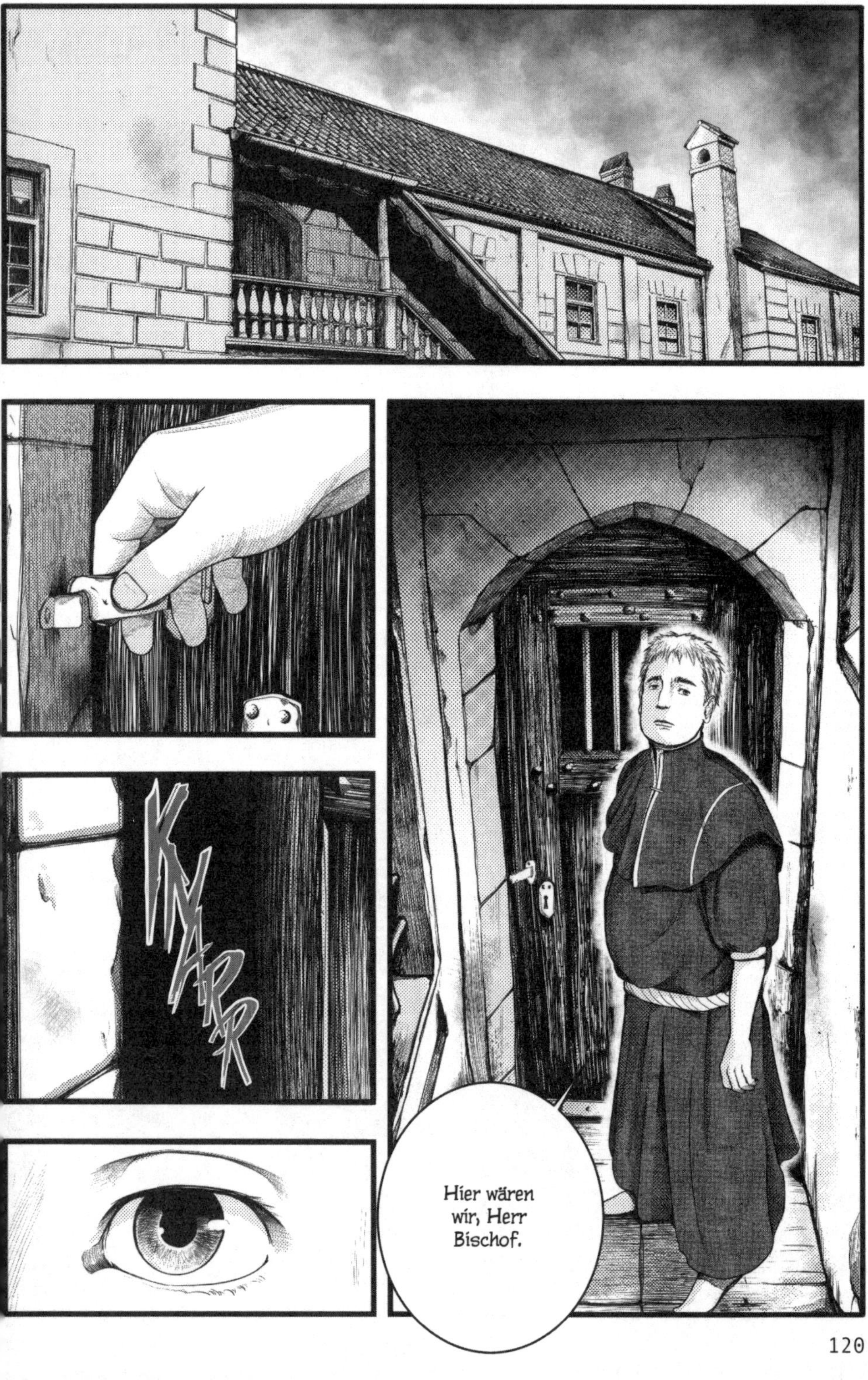

KNARR

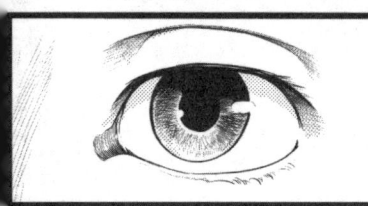

Hier wären
wir, Herr
Bischof.

TAP
TAP

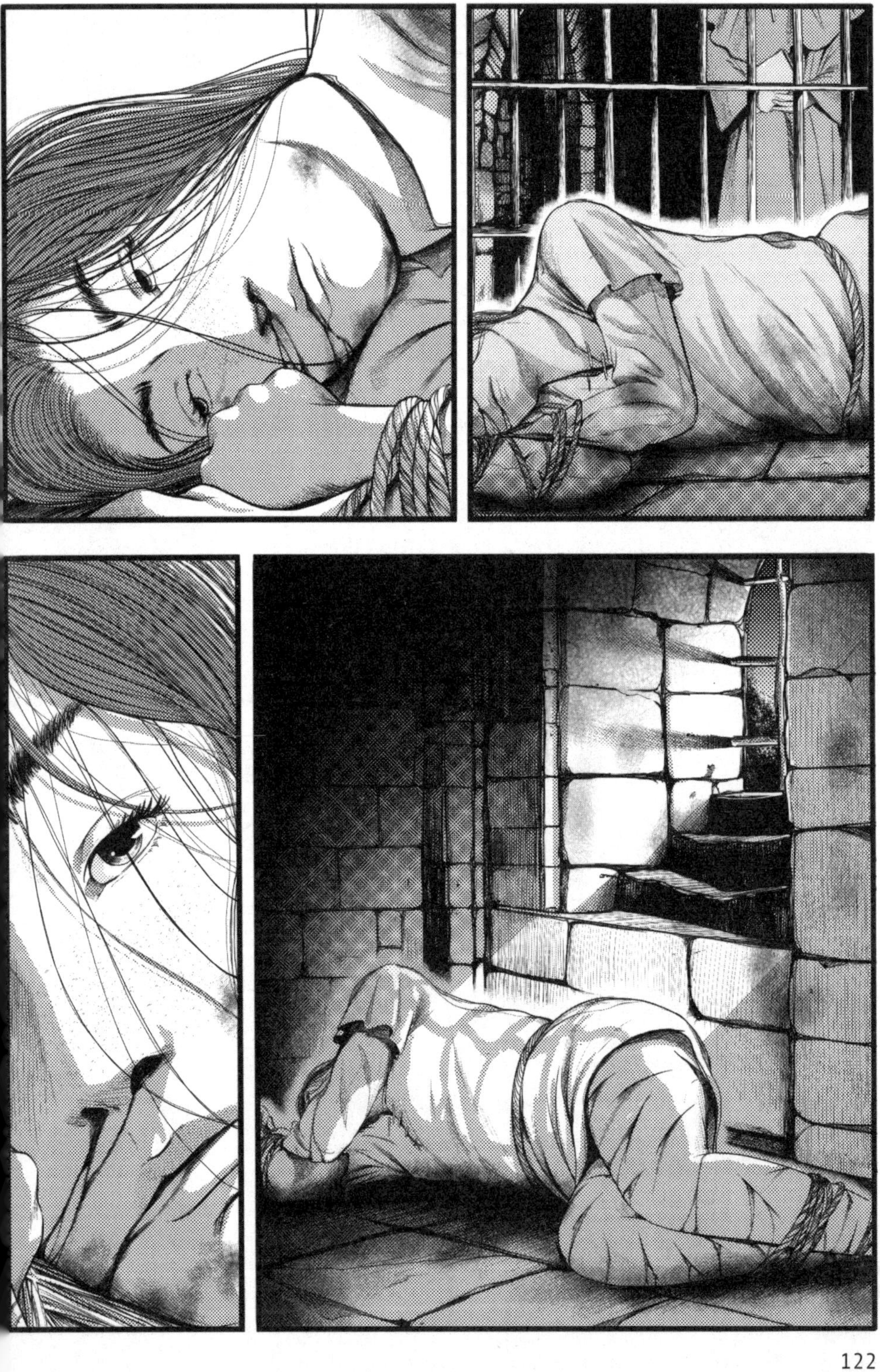

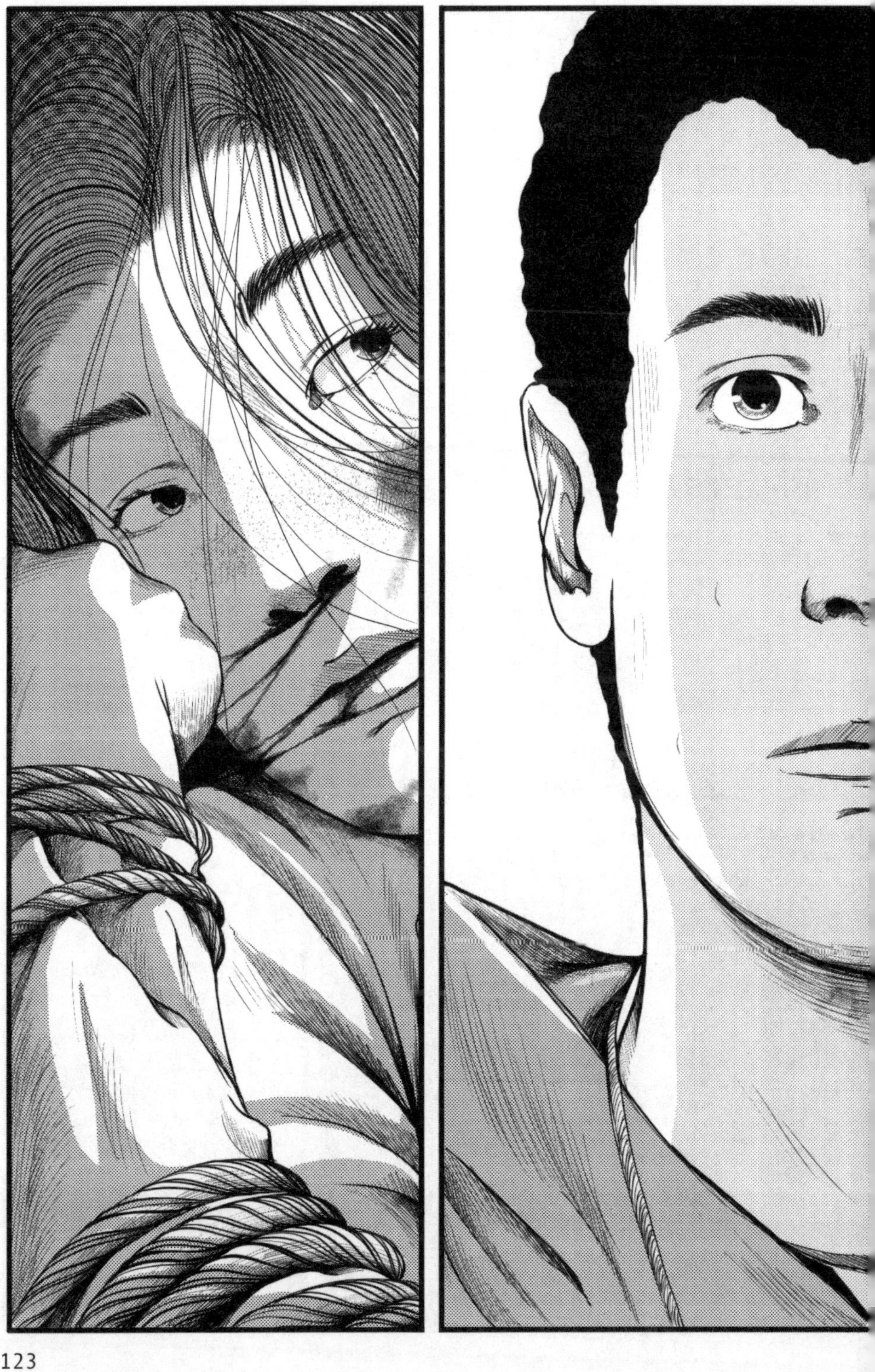

Würdest du uns bitte kurz allein lassen?

Vielen Dank.

Selbstverständlich, Euer Exzellenz. Ich werde in der Zwischenzeit Euer Gemach bereiten lassen.

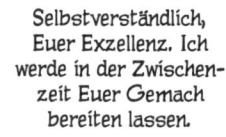

DUNK!!

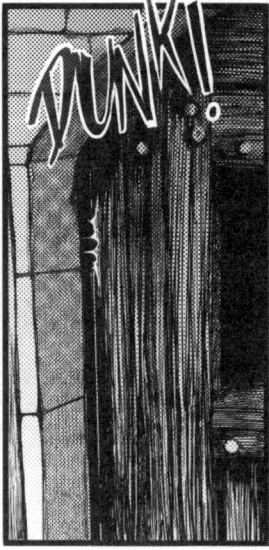

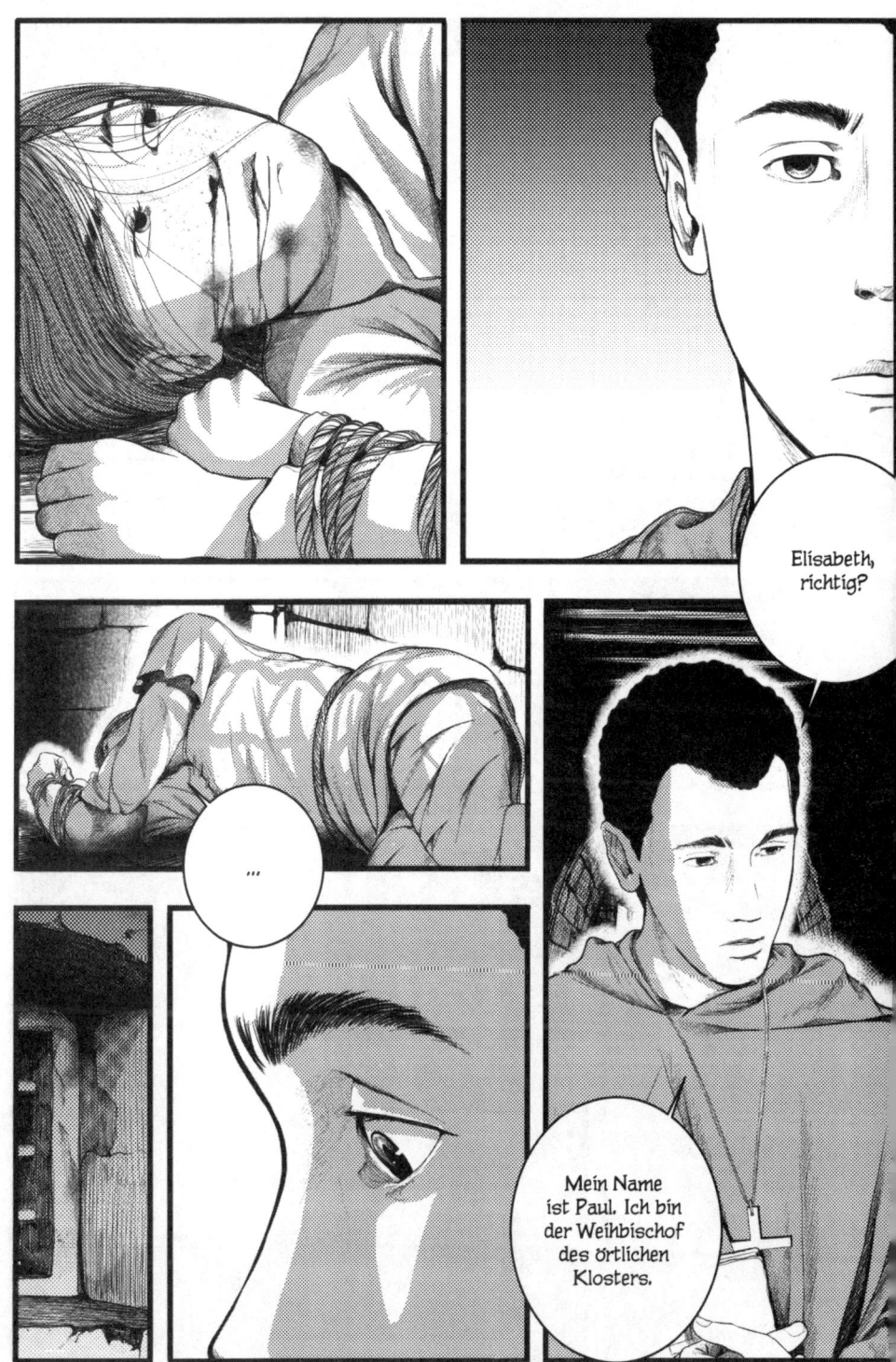

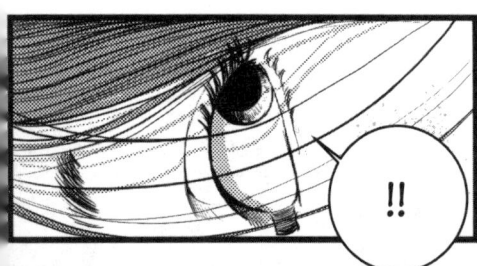

Ich werde um Beistand für dich bitten, damit unser Herr und Erlöser sich deiner Seele annimmt.

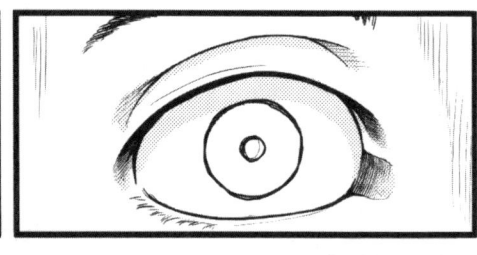

Dein Schicksal scheint besiegelt zu sein und du fragst dich, was nun passieren wird.

!!

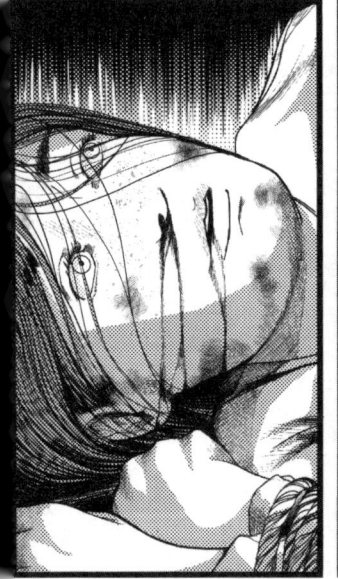

Diese Scheusale!

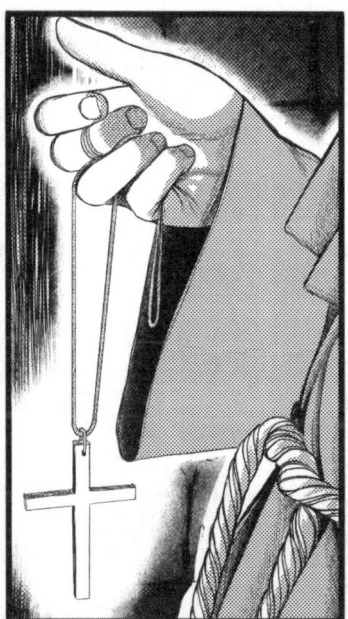

Ich werde für dich beten.

128

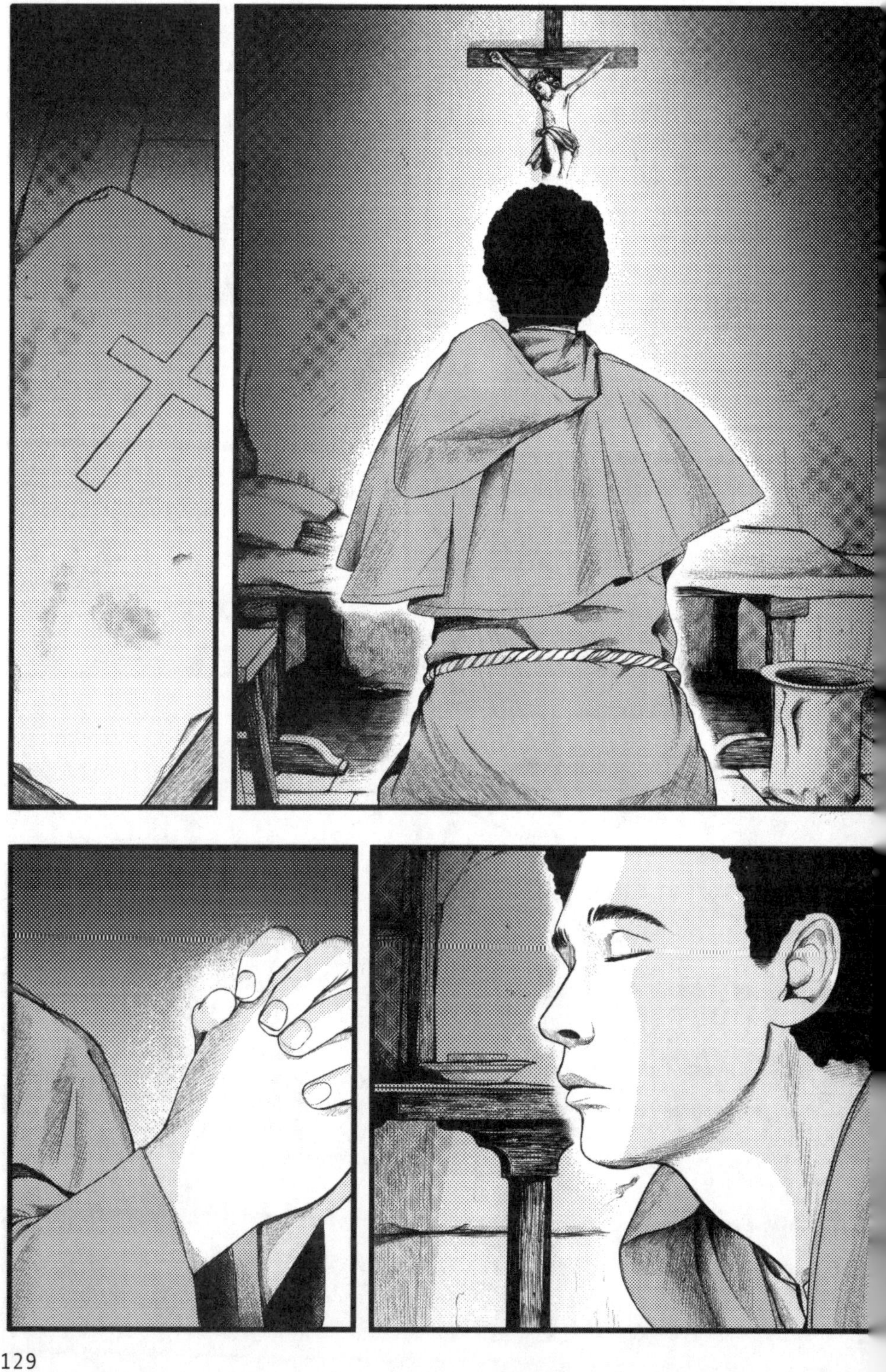

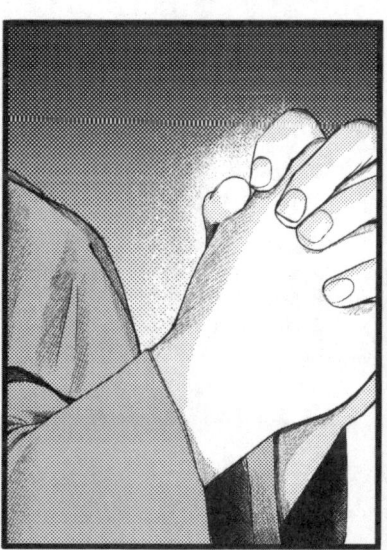

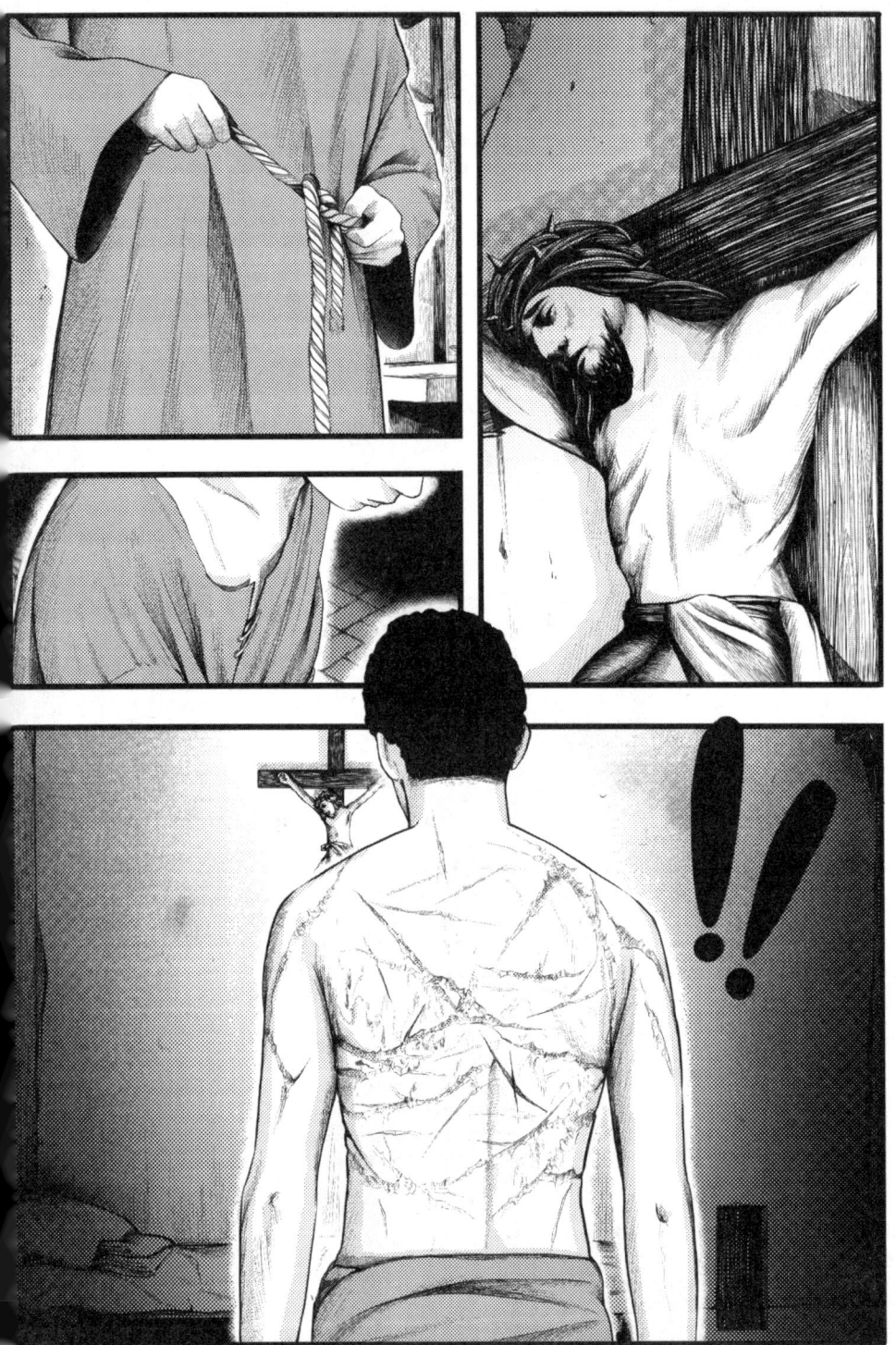

131

Halt den Mund!!

Uaaaagh!!

...

Wollt Ihr
nicht näher
treten?

Nein.
Gott ist
überall.

Ihr zweifelt
immer noch?

Euer
Exzellenz?

Ja?

... jeder
Facette
unseres
Glaubens.

Du bist sehr
aufmerksam,
Erwin.

Jemanden
ohne Prozess
zu verurteilen,
das widerspricht
doch...

136

NEEEEEIN!

NEEEIN!
BITTE
NICHT!

143

145

ACKHH...

Uaaaah!
Das Feuer gerät außer Kontrolle!
Fliiieht!
Verschwindet, Euer Exzel-lenz!
SWISCH

148

151

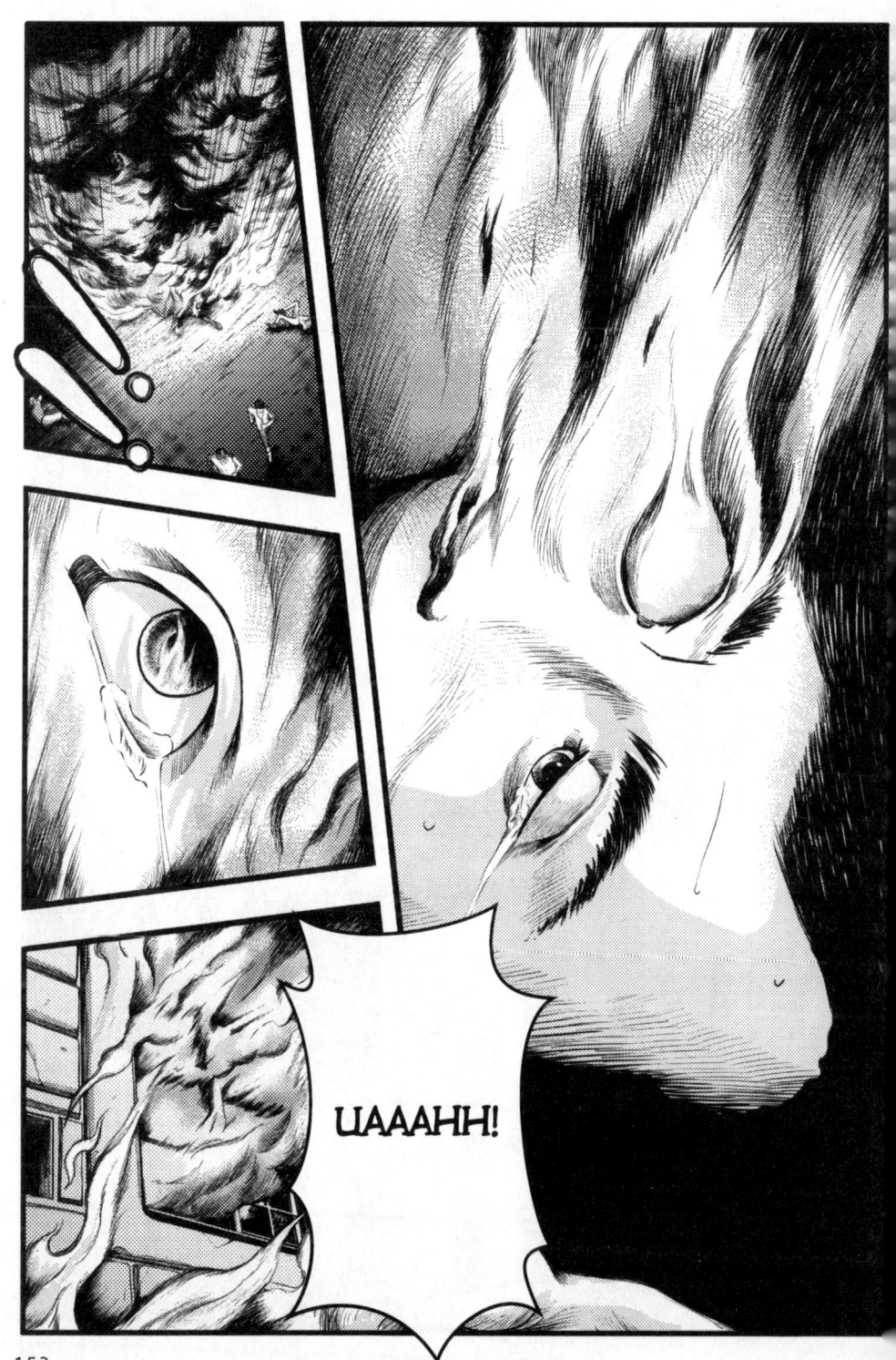

153

Ende

MORTALIS

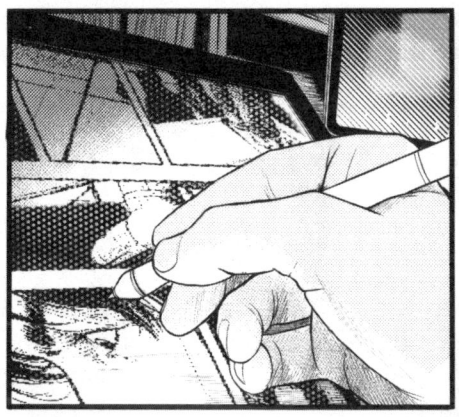

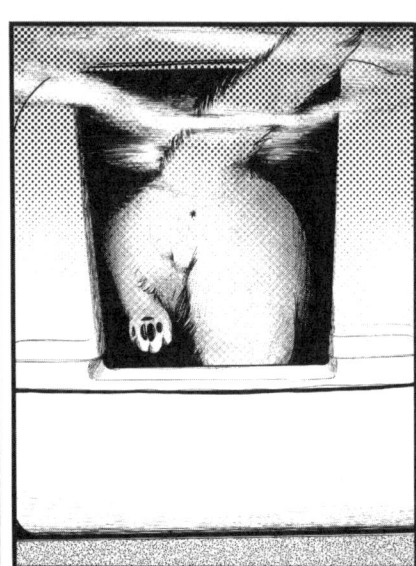

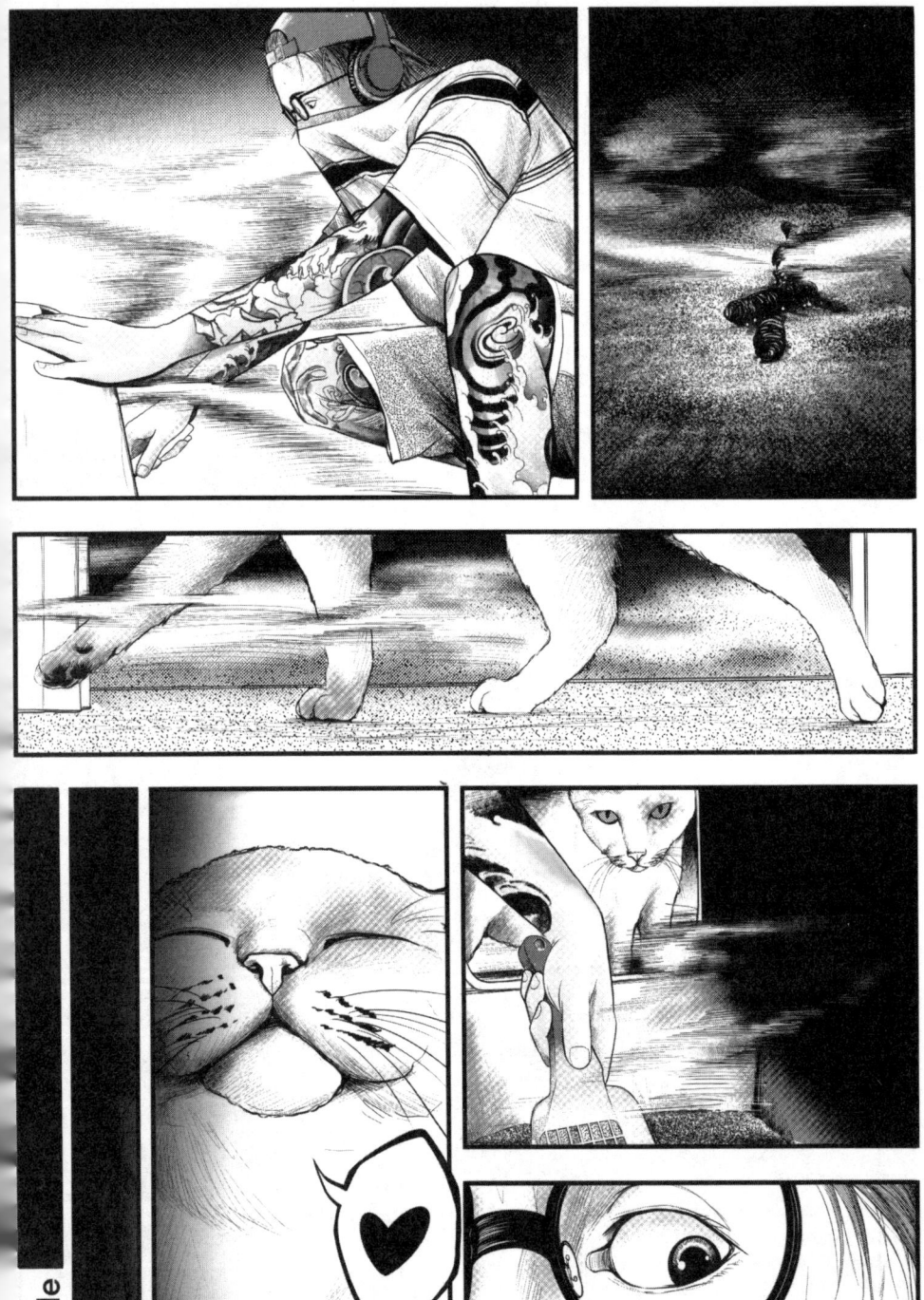

Ende

160

MORTALIS

MORTALIS

What I see

Fairerweise muss ich gestehen, kein wirklich guter Schreiber zu sein. Trotzdem stand von Anfang an fest, hier ein kleines Nachwort zu schreiben und so meine Gedanken nach diesem aufregenden Weg irgendwie zu sortieren. Tja, und jetzt tippe ich drauf-los und lösche dann alles wieder weg, weil mir irgendwie doch nichts einfallen will. Tipp Tipp Tipp. Deleeeeeete.

Ich könnte hier jetzt natürlich erzählen, wie die letzten Monate, in denen ich an *Mortalis* gearbeitet habe, so waren. Denke aber nicht, dass es da einen großen Unterschied zur Arbeit anderer Comic- oder Mangazeichner*innen gibt. Also noch mal überlegen…

öffnet Google und sucht: »gutes Nachwort Buch wie«

Aah, okay, mhm… Eine persönliche Nachricht an die Leser*innen. Soso… Mhm. Eine Art Rahmen… Aha… Individueller Bezug…

Na dann, probieren wir es mal.

schließt Google und öffnet Dokument »Nachwort Vers. 7«

Wenn ich mir *Mortalis* jetzt so anschaue, dann sehe ich so viel.

Ich sehe allen voran mein 7-jähriges Ich, das wie besessen in seinem Kinderzimmer hockt, *One Piece* liest und zeichnet. Immer mit dem Wunsch, mal ein eigenes Buch – einen eigenen Manga – zu veröffentlichen. Ein Lebenstraum hat sich jetzt also erfüllt.

Und wenn ich das diesem kleinen Jungen nun erzählen könnte, würden wir uns wohl beide kopfschüttelnd gegenüberstehen und es nicht glauben können. Aber es ist die Realität. Krass.

Ich sehe unzählige Stunden Arbeit, die in die Story, jede Seite oder Illustration, geflossen sind.

Unzählige Stunden, die sich aber nicht wirklich so anfühlten. Klar war es manchmal anstrengend. Aber mit dem konkreten Ziel vor Augen und dem Spaß, den ich wirklich in jeder einzelnen Minute hatte, ging die Zeit so schnell rum. Ehe ich mich's versah, war es schon vorbei.

Ich sehe das Produkt aus den verschiedenen Genres, welche ich probiert und an meinen Redakteur geschickt habe. Zig Ideen, Drafts und Zeichnungen, aus denen dann diese beiden Kurzgeschichten entstanden sind. Manche schlechter und funktionieren so nicht und manche ganz schlecht und funktionieren wirklich gar nicht. (Bessere waren natürlich auch dabei, aber dann würde der Gag nicht klappen…)

Erste Zeichnungen zu *Mortalis*

Verworfene Story

Sci-Fi-Manga-Konzept

Ich sehe wahnsinnige Verbesserung in den Zeichnungen und dem Storytelling. Nicht nur innerhalb des Bandes, sondern auch in Bezug auf die ganzen vorherigen Ideen.

Ich sehe aber auch wahnsinnig viel Potenzial nach oben, was man besser machen könnte. Was ich gerne in eine längere Geschichte reinpacken will: Charakterentwicklung und -tiefe. Mit dem Zeichenstil spielen und ihn natürlich weiterhin verbessern. Vielleicht auch ein anderes Genre… Wer weiß. Die Möglichkeiten sind schier grenzenlos.

Ich sehe natürlich auch meine Heimat. Niemals hätte ich daran gedacht, einen Manga in Süddeutschland spielen zu lassen. Die Möglichkeiten, die die lokale Geschichte bietet, sind nicht zu unterschätzen und lassen mich die Stadt mit ganz anderen Augen betrachten.

Burg Trausnitz in Landshut

Landshuter Altstadt

Ich sehe die Entbehrungen, die Freunde und Familie auf sich genommen haben, nur um mir die Zeit zu geben, in aller Ruhe meinen Traum zu verwirklichen.

Ich sehe natürlich auch die Arbeit und Zeit, die alle im Verlagsteam in diesen Manga, mich und alles, was damit zusammenhängt, investieren und investiert haben. Was ich leider noch nicht sehe, ist der fertig gebundene Manga... Da muss ich mich wohl noch etwas gedulden.

Am allermeisten sehe ich aber die Chance, die mir hier gegeben wurde. Niemals hätte ich es für möglich gehalten, mal an diesem Punkt zu stehen. Bis zuletzt hat ein kleiner Teil in mir immer noch nicht daran geglaubt, dass das jetzt Wirklichkeit wird.
Deshalb will ich einfach Danke sagen. Danke an alle, die mich bis hierhin unterstützt haben.
Zunächst einmal danke an meine Familie und Freunde! Danke für euer Verständnis und die Geduld, die ihr mit mir habt, wenn die Zeichnerei und meine Gedankenverlorenheit in irgendwelchen Geschichten wieder Vorrang hat.
Danke an das komplette *Carlsen*-Team für diese Chance und dafür, dass ihr mich im Verlag aufgenommen habt! Besonders natürlich an Nina und Philipp aus der Redaktion für die investierte Zeit und das ganz genaue Hinschauen, um *Mortalis* wirklich so gut wie möglich zu machen! Ohne euch wäre *Mortalis* nie auf dieses Level gekommen!

Der größte Dank gilt aber euch Leser*innen! Vielen, vielen Dank, dass ihr euch *Mortalis* gekauft und bis hierhin gelesen habt! Jede und jeder Einzelne von euch bedeutet mir wirklich viel und ich finde ehrlich gesagt nicht die richtigen Worte.
Deshalb einfach DANKE, DANKE und TAUSEND DANK!
Passend zu einem Horrormanga will ich abschließend sagen: Ich habe Blut geleckt und schon einige Ideen für weitere Werke!

Auf hoffentlich ganz bald!

Dominik, Februar 2022,
irgendwo in Süddeutschland

P.S.: Wenn ihr mehr über mich und meine Zeichenprojekte erfahren wollt, schaut mal unter www.**dominikjell.de** vorbei.

Dominik Jell im Interview mit *Carlsen Manga!*

Wie alt warst du, als dir klar geworden ist, dass du Talent fürs Zeichnen hast?
Uff, gleich mal ein Einstieg mit einem Kompliment, haha. Danke dafür! Mit etwa sechs oder sieben Jahren habe ich damit angefangen, mich intensiver aufs Malen und Zeichnen zu konzentrieren. *Pokémon* war da ein großer Faktor. Seitdem habe ich dann eigentlich nie mehr den Stift aus der Hand gelegt, und so wird man dann automatisch besser. Da ist aber noch so, so, so viel Luft nach oben und es gibt so viele unfassbar talentierte und wesentlich bessere Zeichner*innen in Deutschland und überall auf der Welt!

Was hat dich inspiriert? Was waren deine Lieblingscharaktere und was deine Lieblingsmanga, als du aufgewachsen bist?
Ganz klar *One Piece* und *Shaman King!* Das waren meine ersten beiden Manga und die lese ich heute noch gerne (auch wenn ich mich vom Shonen-Genre etwas distanziert habe). Lieblingscharaktere der beiden Serien sind damals wie heute: Chopper, Holzschwert-Ryu, Anna Kyoyama, Mihawk und und und...

*Hast du einen persönlichen Liebling unter den japanischen Manga-Schöpfer*innen?*
Auf einen einzigen Liebling kann ich mich leider gar nicht festlegen. Dafür begeistern und inspirieren mich zu viele Manga und deren Zeichner*innen. Wenn ich mich aber auf meine Favoriten festlegen müsste, dann würde ich aus dem Bauch raus Takehiko Inoue, Naoki Urasawa, Inio Asano, Takeshi Obata und Jiro Taniguchi nennen. Alle diese Mangaka haben mich mit ihrer Kunst und ihren Geschichten zu einer bestimmten Zeit in meinem Leben begleitet und mir immer wieder Motivation gegeben, weiter zu zeichnen und zu schreiben. Die Messlatte liegt bei diesen Größen in entsprechenden Höhen...

Wie hast du deinen eigenen Stil entwickelt? Hattest du Vorbilder oder Einflüsse?
Ich denke, als Einflüsse kann man die o. g. Zeichner sehen und findige Leser*innen werden bestimmt die Einflüsse in *Mortalis* erkennen. Mein Stil, Manga zu zeichnen, hat sich einfach mit der Zeit entwickelt. Auch spielt es für mich eine große Rolle, den Stil passend zum Genre zu gestalten. Ich würde mal behaupten, bei *Mortalis* hat das ganz gut geklappt, meinen Zeichenstil noch realistischer werden zu lassen. Luft nach oben gibt es natürlich noch genug und ich bin gespannt, wie wohl die nächste Story aussehen wird.

Was macht dir am meisten Spaß beim Zeichnen?
Wenn es rein ums Mangazeichnen geht, dann ganz klar das Tuschen! Da ist der ganze Druck mit dem Storyboard und den Skizzen schon vorbei und man kann sich voll und ganz auf die Seite konzentrieren! Auch mag ich es total gerne, die Seite zum ersten Mal so richtig fertig vor mir zu sehen. Grundsätzlich habe ich aber bei allem Spaß – Hauptsache zeichnen!

Wann hast du dich dazu entschieden, eine Karriere als Mangaka zu verfolgen?
Wie viele Kinder, die Interesse am Malen, Zeichnen und Manga zeigen, so flammte auch bei mir irgendwann als kleiner Bub der Wunsch auf, mal »einen eigenen Manga zu veröffentlichen«. Da dieser Wunsch bzw. Traum irgendwie nie so ganz verschwand und irgendwann dann die Lebensumstände gepasst haben, um das Ganze endlich mal richtig in Angriff zu nehmen, bewarb ich mich im April 2019 einfach mal ganz frech bei *Carlsen*. Muss aber fairerweise noch dazu sagen, dass ich in der Zwischenzeit nie mit dem Mangazeichnen aufgehört habe. Ich hatte vor der Bewerbung einfach nur noch nicht das Gefühl, es sei passend und gut genug. :)

Wie oft zeichnest du?
Eigentlich ständig und immer. Es gibt keinen Tag, an dem ich nicht irgendwas male, zeichne oder kritzle. Es entspannt mich einfach ungemein und es gibt nichts auf der Welt, das ich lieber mache. Ich bin sehr dankbar und sehe es als absolutes Privileg, meinen Lebensunterhalt damit zu verdienen.

Bitte beschreibe, wie ein normaler Arbeitstag bei dir abläuft. Wie kommst du in die richtige Stimmung, um eine Seite zu kreieren?
Ich habe eigentlich zwei verschiedene Arbeitstage, die aber immer ziemlich gleich ablaufen. Bin nämlich ein Gewohnheitsmensch.
Wenn ich nur am Manga arbeite und zu Hause zeichne, dann stehe ich so zwischen 7 und 8 Uhr auf und mach mir erst mal einen Kaffee, dehne mich etwas und mach mir einen Plan, was ich heute schaffen will. Dann geht's eigentlich schon los. Dann zeichne ich bis ca. 15 Uhr (dazwischen esse ich mal was, natürlich). Nachmittags schaue ich, dass ich etwas Sport mache, dusche und noch mal was esse. Dann setze ich mich wieder an den Schreibtisch und zeichne weiter. In der Regel so bis 22 oder 23 Uhr – je nachdem, wie viel zu tun ist. Danach noch kurz Mails beantworten und dann etwas gucken oder lesen, um runterzukommen.
Wenn ich ins Studio fahre und tätowiere, dann stehe ich so um 7 Uhr auf, mach mir einen Kaffee und dehne mich etwas. Dann zeichne ich bis ca. 10 Uhr, frühstücke kurz und düse dann schon los. Ab 11 Uhr bis ca. 18 Uhr bin ich dann im Laden und tätowiere. Danach geht's heim – Abendessen, duschen und wieder zeichnen bis ca. 22 oder 23 Uhr. Kurz Mails und dann suche ich mir einfach wieder was, um den Kopf freizukriegen. Ein Buch oder eine Serie beispielsweise.
Unterschiede zwischen Wochentagen und Wochenenden gibt's eigentlich nicht.

Was machst du, wenn du mal eine kreative Blockade hast?
Meistens tatsächlich einfach mal was kritzeln. Mich einfach ohne Musik oder andere Einflüsse aufs Zeichnen fokussieren und gucken, wo es mich hinführt. Das kurbelt bei mir die Kreativität immer gut an. Wenn danach immer noch nichts wirklich klappen will, dann hilft es oftmals, etwas Abstand zu gewinnen. Sport, mal 'ne Runde spazieren gehen oder lesen. Serie gucken oder mit Leuten was unternehmen funktioniert bei mir da leider gar nicht.

Welches Werkzeug benutzt du für deine Zeichnungen?
Mortalis ist hauptsächlich in *Procreate* am iPad und *Clip Studio Paint* am Grafiktablet entstanden.
Wenn ich nicht gerade am Manga arbeite, reicht aber so ziemlich jedes Medium, um was zu
zeichnen oder zu malen. Stift und Papier, Tablets jeglicher Art, Federn und Tusche, Pinsel,
Serviette, Haut, whatever. Hauptsache zeichnen ;)

Was gefällt dir am besten an den digitalen Zeichenmedien?
In *Procreate* fürs iPad kann ich persönlich einfach supergut und recht flott tuschen und skizzieren.
Das Ding einfach überall rumtragen und mitnehmen zu können ist natürlich auch super und
macht das Arbeiten superflexibel. *Clip Studio Paint* habe ich lange, lange nicht verwendet. Für
Mortalis nutze ich es jedoch, um cleane Sprechblasen zu erstellen und zum Rastern. Dafür ist es
genial und ich muss mich nicht in die ganzen Funktionen denken… Mit der Technik tu ich mich
schwer, haha.

*Wie sieht die Zusammenarbeit mit deinen Redakteur*innen aus?*
Zunächst will ich ein großes Danke an Nina und Philipp aussprechen! Die beiden haben sich
wirklich Zeit genommen und versucht, das Beste aus mir und *Mortalis* rauszuholen!
Wenn es um den Ablauf geht, dann ging's eigentlich zuerst mit einem Skript los. Dieses »Dreh-
buch«, das die Seitenaufteilung und erste Form der Dialoge zeigt, schicke ich dann an die beiden
und die gucken drüber und geben es evtl. mit Verbesserungen zurück. Einige Male haben wir auch
gemeinsam per Teams gebrainstormt und uns die Ideen zugespielt – ziemlich cool. Dann skizziere
ich alle Seiten der Story durch und schicke sie noch mal rüber. Wenn es keine großen Änderungen
gibt und für uns drei das Ganze so passt, dann starte ich schon mit dem Reinzeichnen. Dann wird's
erst mal etwas stiller und ich verkriech mich in meine Manuskriptblase. Wenn ich damit durch bin,
wird noch mal geguckt, ob alles passt oder sich kleine Fehler eingeschlichen haben (sechs Finger
an einer Hand, Regentropfen vergessen…). Alles, was nach so vielen Stunden gerne mal untergeht.
Zwischendrin gibt's immer wieder mal Termine, die das Aussehen des Bandes, evtl. Veranstaltun-
gen usw. betreffen. Für mich als Neuling alles superspannend – und ich hoffe, dass es bald wieder
losgeht!

Wie lange dauert es, eine komplette Seite fertigzustellen?
Bei einer Seite kommt es ganz drauf an, wie detailliert diese ist. Grob geschätzt kann die Range
zwischen vier bis zwölf Stunden sein. Einige Seiten haben mich fast zum Verzweifeln gebracht…
Haha.
Farbillus würde ich mal so grob auf vier bis acht Stunden einschätzen. Das ist fast noch schwerer
zu sagen, da die eigentlich nie an einem Tag entstehen. Oft fange ich damit an und mach den ersten
Farblayer. Danach leg ich sie wieder weg und guck sie mir am nächsten Tag bzw. nach ein paar
Stunden wieder an und geh noch mal drüber. Das Spiel wiederholt sich dann noch einige Male.

*Planst du eine Mangaseite als Ganzes oder konzentrierst du dich eher auf die Gestaltung einzelner
Panels?*
Immer als Ganzes! Noch bevor ich mich wirklich ans Skript für die Redaktion setze, steht für mich

eigentlich schon das Storyboard. So fällt es mir leichter, mir vorzustellen, wie es wohl zu lesen ist und wie man manche Szenen noch eindrucksvoller darstellen kann. Auch bei der Ausarbeitung springe ich oftmals von Panel zu Panel und ändere meinen Rhythmus etwas. So habe ich nicht das Gefühl, immer monoton alles abzuarbeiten und Schema F zu verwenden.

Hörst du Musik, während du zeichnest? Falls ja, welches Genre?
Auf jeden Fall! Ich höre beim Zeichnen einen guten Mix aus Musik, Podcasts, Hörbüchern oder lasse Serien und Dokus nebenbei laufen. Bei der Musikauswahl gilt normalerweise: je härter, desto besser... Bin aber für alles zu begeistern!

Wie kamst du dazu, dir ausgerechnet diese Themen für deinen Manga auszusuchen?
Horrormanga gibt es in meinen Augen in Deutschland viel zu wenige. Vor allem der True-Crime-Hype der letzten Jahre und die Möglichkeiten, welche dieses Genre bietet, sind hier nicht zu unterschätzen. Ich fand's immer schon cool und es hat mir immer schon Spaß gemacht, mich mit den Abgründen der Menschen zu beschäftigen (keine Sorge, bin eigentlich ein relativ normaler Typ). Finde es einfach spannend, mich in die Extreme der Menschen hineinzudenken und mir auch vorzustellen, wie wohl schlimme Verletzungen aussehen und wie man da wohl reagiert. Das hat als Einzelband mit Horror einfach am besten geklappt.

Wie viele Änderungen oder Bearbeitungen hast du für diesen Manga vorgenommen (grob geschätzt)?
Puh, so einige. Mal ganz davon abgesehen, dass wir zwischendrin im Prinzip die zweite Geschichte komplett neu gemacht haben.
Wenn ich schätzen müsste, dann wären es rein in den Zeichnungen zwei oder drei Korrekturrunden meinerseits und dann noch zwei gemeinsam mit der Redaktion.
Bevor ich mit den Zeichnungen angefangen habe, habe ich auch noch zwei oder drei Runden mit dem Skript gedreht.
Bin superfroh drum, denn so haben wir wirklich immer mehr rausgeholt als zuvor und das Ganze hat mich merklich nach vorn gebracht!

Was war die verrückteste Anweisung, die du für diesen Manga erhalten hast?
Für mich persönlich wohl die Tatsache, die Frau in *Exekution* nicht so gut aussehen zu lassen. Jahrelang fällt es mir schwer, hübsche bzw. allgemein Frauen zu zeichnen. Dann schaffe ich es ein Mal (!) und dann ist es genau eine Szene, in der es nicht sinnvoll ist.
Vielleicht hab ich auch mein Faible für große Nasen bei Personen im Hintergrund das eine oder andere Mal ins Extrem getrieben. Das ging einmal so weit, dass aus der Redaktion die Bitte kam, dass ich die – und ich zitiere – »Pimmelnase« doch etwas kleiner malen sollte. Muss heute noch immer schmunzeln, wenn ich mein Notizbuch mit den Verbesserungsvorschlägen aufmache und das lese.

Gibt es etwas, das du deinen Fans gerne mitteilen würdest?
Einfach danke! Danke, dass du bzw. ihr euch *Mortalis* geholt und gelesen habt!! Ich weiß wirklich jede Einzelne und jeden Einzelnen von euch sehr zu schätzen!!

Dies ist das Ende des schaurigen Horrors! MORTALIS liest sich im japanischen Stil.
Man muss diesen Manga also »hinten« aufschlagen und Seite für Seite nach »vorn«
weiterblättern. Auch die Bilder und die Sprechblasen innerhalb der Bilder werden
von rechts oben nach links unten gelesen, so wie in der Grafik gezeigt.

**Wir produzieren
nachhaltig**

- Klimaneutrales Produkt
- Papiere aus nachhaltigen
  und kontrollierten Quellen
- Hergestellt in Deutschland

MIX
Papier aus verantwor-
tungsvollen Quellen
FSC® C014496

FSC
www.fsc.org

Carlsen Manga! News –
jeden Monat neu per E-Mail!
www.carlsenmanga.de
www.carlsen.de

CARLSEN MANGA
© Carlsen Verlag GmbH • Hamburg 2022
ORIGINALAUSGABE
MORTALIS © Dominik Jell /
Carlsen Verlag GmbH, Hamburg 2022
Redaktion: Nina Kroesing, Philipp Nakata
Lettering & Herstellung: Björn Liebchen
Alle deutschen Rechte vorbehalten
ISBN 978-3-551-02447-3